Félicien Marceau

de l'Académie française

Capri
petite île

Gallimard

Félicien Marceau a raconté sa vie dans *Les années courtes* (Folio n° 469). Romancier, il a reçu le prix Interallié en 1955 pour *Les élans du cœur* (Folio n° 340), le prix Goncourt en 1969 pour *Creezy* (Folio n° 248) et le prix Prince-Pierre-de-Monaco, en 1974, pour l'ensemble de son œuvre, ainsi que le Grand Prix de la Société des Auteurs. Essayiste, il a écrit sur Balzac, sur Casanova et sur le roman. Auteur dramatique, il a connu à la scène de nombreux succès, tant en France qu'à l'étranger : *L'œuf* (Folio n° 1238), *La bonne soupe, La preuve par quatre, L'Homme en question.* Il a été élu à l'Académie française en 1975.

— ... par un âne. Et la morsure des ânes, comme vous savez, est mortelle pour les cocaïnomanes. Ça ne pardonne pas.

— Non ?

De dessous un panama hargneusement rabattu sur un nez, l'incrédulité se manifestait. Gravement, le visage allongé, les sourcils haussés, Stanneke Vos leva deux doigts dans l'attitude de qui prête serment.

— Vérité !

Il déplia à moitié ses longues jambes pour déposer sa tasse de café sur la petite table de fer. Verte, la table. Vertes aussi les tasses, mais d'un vert plus onctueux, virant au bleu, le vert de la mer aux endroits peu profonds.

— Vérité, reprit-il. Il vivait alors à Florence.

— À propos de Florence..., hasarda le jeune Andrassy.

Mais, voyant que personne ne l'écoutait, il se tut. Ça lui arrivait souvent, ces choses-là, de parler sans que personne eût l'air d'entendre. Et ça n'arrivait

9

qu'à lui. Les autres disaient des platitudes ; on les
écoutait. Lui... Peut-être parlait-il trop bas. Ou
peut-être faut-il, pour forcer l'attention d'autrui,
un minimum de conviction dans ce qu'on dit. Ce
minimum de conviction, Andrassy ne l'avait pas
souvent. Il parlait par politesse. Ça devait se sentir.

— Il a dû passer six mois dans une clinique. Puis
il est mort.

Sans se lever, d'un mouvement des jambes et des
reins, le comte Satriano recula son transatlantique
dans l'ombre de l'eucalyptus.

— Le soleil vous dérange-t-il ? La journée n'est
pas si belle cependant.

La remarque partait du panama. Au-dessous du
panama, il y avait un vieil homme à lunettes noires,
à nez fort, à veston de gabardine bleue.

— Quoi ? dit Satriano.

Puis, avec un sourire las mais bienveillant :

— J'aime beaucoup le soleil. Mais à l'ombre.

— Comme tous les Méridionaux, dit Mme San
Giovanni d'un air définitif.

Andrassy s'était levé, s'approchait du mur bas
qui bordait la terrasse. Comme un pont de navire
au-dessus d'un quai, comme le médecin penché
sur un malade, fichée comme un coin dans le paysage, la terrasse surplombait tout ce pan de Capri,
cette conque, ce versant qu'on appelle la Petite
Marine, un vaste demi-cercle qui descend en gradins roides vers la mer et que ferment, d'un côté,
un morceau de montagne et, de l'autre, trois
rochers qui baignent dans l'eau.

— N'est-ce pas? dit la comtesse Satriano qui était debout, elle aussi.

Elle avait parlé avec âme. Mme Satriano parlait toujours avec âme. Le jeune Andrassy eut pour elle un regard déférent mais vague.

— Ah! vous êtes comme moi, reprit-elle. Vous ne pouvez pas rester dix minutes sans regarder nos chers Faraglioni.

Les Faraglioni, ce sont les trois rochers précisément, trois gros rochers qui baignent dans la mer, importants, péremptoires, bien assis dans le paysage, comme trois immeubles, comme trois chapeaux sur une commode, le haut-de-forme, le bonnet d'un Auguste de cirque, le bicorne de Napoléon — tout cela à peu près, il va sans dire, des chapeaux approximatifs, un peu maltraités, pétris par une main nerveuse au soir d'un dépit amoureux, d'une jonglerie manquée, d'une bataille indécise.

— N'est-ce pas?

À vrai dire, Andrassy s'était levé sans raison précise. Il crut devoir s'en excuser.

— Non, dit-il faiblement. Non, je voulais simplement jeter ma cigarette.

Un nuage de déception assombrit le grand visage de la comtesse, mais il disparut aussitôt pour faire place à une expression soucieuse. D'un pas vif, malgré sa corpulence, elle alla vers la petite table, y prit un gros cendrier de verre rose.

— Oh! non, dit-elle, plaintivement, ne jetez pas vos cigarettes dans le jardin. Je souffre, je l'avoue, lorsque je vois un de ces mégots... Oh!

que vais-je dire là, ce vilain mot devant cette vision de rêve. Certains mots, non ? vous ne trouvez pas ?...

Elle prenait une expression câline de petite fille qui demande à son parrain de la conduire dans une pâtisserie.

— ... suffisent à souiller un paysage.

Elle reprit son air extasié et, de ses gros yeux un peu proéminents, elle embrassa encore avec gourmandise la Petite Marine, son bois d'oliviers, ses maisons blanches aux toits bombés, ses vignes tranquilles et aussi, hélas ! la villa en construction dont les terrassements, là-bas, souillaient le paysage plus sûrement que le mot mégot.

— Je déteste ce mot-là, dit-elle encore en frissonnant.

Mais elle tenait toujours son cendrier. Andrassy dut sacrifier sa cigarette.

— Ah ! c'est beau ! dit-il en essayant de donner à sa voix un ton chaud, convaincu. Ces rochers, ces euphorbes...

Ses mots avaient l'air bête. Ils couraient là, devant lui, sans direction, comme des cafards sur le carreau rose pâle de la cuisine. Ça aussi, aux autres, ça n'avait pas l'air de leur arriver. Ils lancent leurs mots devant eux et les regardent courir avec plaisir, sans dégoût.

— ... sa femme, elle reluquait son fric, poursuivait Vos avec son curieux accent. Alors le beau-frère, il fait un nez et il dit : ma vieille...

— ... comme de gros lampions de fête, dit Andrassy.

Dieu sait s'il se moquait des euphorbes, des oliviers et des Faraglioni, ces trois stupides cailloux qu'on ne remarquerait même pas ailleurs et qui, parce qu'ils trempent dans la mer... Eh! il faut bien qu'ils trempent dans quelque chose, non? Et les gens qui viennent du bout du monde pour voir ça, pour s'extasier. Et les voyages de noces pour se faire photographier devant. Le coin recommandé pour la photographie, c'était près de là précisément, au tournant de la route. La neuve épousée se pose le derrière sur le mur bas, le profil dégagé, la jambe molle et, dans le dos, les trois cailloux, preuve irréfutable que c'est bien à Capri qu'on l'a passée, sa lune de miel, et pas ailleurs. À Capri! Et les gens lèvent les yeux au ciel. Il en ricanait, Andrassy. Ce n'était pas lui qui...

— Ah! vous comprenez Capri, vous, dit la comtesse.

Elle le disait comme elle eût dit à son chef d'orchestre : «Ah! vous le tenez, vous, Beethoven!» Toujours avec âme, ses lourdes paupières baissées.

— ... de s'installer ici, poursuivait Vos. Tu connais sa maison?

— De l'extérieur, dit Forstetner. Comment l'a-t-il arrangée?

— Tout ce qu'il y a de bath, dit Vos.

Hollandais, natif de Franeker, mais ayant vécu en différents points du monde, Vos maniait cinq ou six langues. Mais il les maniait rudement.

— Combien l'a-t-il payée?

Vos leva ses deux longues mains. Il ignorait. L'argent, du reste, ne l'intéressait pas.

— Quinze millions, dit Satriano.

Il y avait dans sa voix un vague relent de sarcasme.

— Quatorze et demi, dit Mme San Giovanni péremptoire. Je le sais. Et il s'est fait rouler. Cette maison-là vaut onze millions, pas un sou de plus.

— Mais les roses, Yvonne, dit Stanneke Vos. Pige-moi sa pergola lorsque tu retourneras. Il a des roses comme des nichons, ma vieille.

— Il n'y a pas pour trois millions de roses.

Le tutoiement de Stanneke Vos pourrait donner à penser. Il ne faut pas. Vos est peintre. À son sens, ça lui donne le droit de tutoyer tout le monde. Les jeunes parce que, avec ses quarante ans, il est en posture de se montrer familier. Les vieux parce que, à son avis, ça les rajeunit et les flatte. Sans compter que c'est aussi plus facile.

— Première personne, deuxième personne, pluriel, singulier, foutre ! pour qui les gens se prennent-ils ? Six personnes ! Dieu lui-même n'a pas osé aller au-delà de trois.

Le tout en sabir. À Capri, se pratique beaucoup une sorte de pidgin franco-italien que l'auteur, pour plus de simplicité, préfère traduire.

Andrassy avait toujours le ventre contre le mur bas. Il regardait devant lui. Mme Satriano aussi. Un peu en contrebas, trois femmes étaient assises sur une autre terrasse que bordaient des sapins courts. En pantalons, les trois femmes. Mme Satriano elle-même, largement sexagénaire cependant, portait un pantalon de velours bleu de roi et un pull-over vert.

— L'île de beauté, dit-elle encore.

Avec un accent italien mais léger. Une nuance. Le «eau» de beauté un peu court.

— Un nageur! reprit-elle d'une voix plus aiguë. Avec ce temps! Pauvre garçon, je tremble pour lui.

Malgré la distance, on apercevait le petit corps fragile à la surface de l'eau verte, suivi d'un court bouillonnement blanc. Et d'en haut, on voyait aussi ce que sans doute ne voyait pas le nageur, cette épaisseur d'eau sous lui, ces profondeurs, ces abîmes, ces périls qu'il survolait d'une brasse insouciante.

— Vous aimez nager?

Peut-être n'avait-elle pas assez souligné l'accent interrogatif de sa phrase. Le ventre contre le mur, les yeux au loin, Andrassy ne répondit pas. Il regardait la route qui descend en lacets vers la mer et les cabines vertes et jaunes de la plage. Une voiture à cheval grimpait lentement. Parfois elle accélérait et on entendait le tap tap tap du cheval.

Andrassy leva les yeux vers Mme Satriano. Elle regardait toujours le paysage, mais l'expression gourmande et ravie avait disparu. Il ne restait qu'un grand vieux visage osseux, calme, mais de ce calme d'après les chagrins, d'après les larmes.

— Andrassy, dit le vieux à panama, vous n'avez pas oublié mon télégramme?

— Il est parti, monsieur, dit Andrassy.

Il s'était retourné. Dans leurs transatlantiques à rayures orange, les corps avaient l'air de voguer, de sombrer lentement, de se fondre dans un calme oubli, Forstetner sous son panama, le long Vos détiré comme un ruban, Mme San Giovanni qui laissait pendre sa courte main à émeraude.

— Pourquoi vivre? dit-elle.

Un domestique en veste blanche, un plateau à la main, incongru au milieu des renoncules, longeait la petite allée, passait sous l'équium qui cambrait ses longs cônes bleus. Le menton en tiroir, il se pencha vers Forstetner qui prit la lettre et dit : «Vous permettez...» Sans peut-être s'en rendre compte, les autres le regardaient. Les événements sont rares, dans les îles, et les curiosités plus aiguisées qu'ailleurs.

— Andrassy, dit enfin Forstetner, voulez-vous aller dire que c'est d'accord.

Andrassy prit la petite allée. Au bout, après le coude, devant le rond des zinnias, une jeune fille attendait. Posée devant les fleurs, du soleil autour d'elle. Elle regardait Andrassy qui venait vers elle. Ailleurs, trop souvent, les jeunes filles sont ou provocantes ou timides. En Italie, ce n'est pas pareil. Hier encore, revenant d'une promenade, trois brins de lavande à la main, Andrassy avait été interpellé par deux jeunes filles.

— Oh! vous nous en donnez?

Andrassy avait cru à une avance. Affamé comme il l'était, il avait aussitôt tenté sa chance. En pure perte. Leur brin de lavande conquis, les deux jeunes filles s'étaient éloignées sans plus lui prêter l'ombre d'une attention.

— C'est d'accord, dit-il.

16

Il ne savait même pas de quoi il s'agissait. C'était d'accord. Mais pour quoi ? Qu'elle était jolie, ses yeux si brillants, ses pommettes hautes et rondes !

— C'est d'accord, reprit-il en essayant de donner à sa phrase quelque chose de plus personnel.

— J'ai compris, dit-elle.

Et elle sourit. Il la regardait d'un air si grave, si tendu.

— C'est vous, Monsieur Forstetner ?

— Non, je suis son secrétaire.

Elle sourit encore, d'un sourire gai. Elle portait un lainage rouge. Ses cheveux étaient très sombres mais légers, comme une mousse. Andrassy la regardait.

— Au revoir, dit-elle.

Il avança la main exactement une seconde trop tard. Elle s'était retournée. Elle s'éloignait. Il y avait encore deux cyprès. Leur ombre successivement passa sur son lainage rouge, sur ses jambes nues.

Andrassy revint vers la terrasse. Assise sur la tranche de son transatlantique, Mme San Giovanni avait l'air de la femme qui devrait bien partir mais qui ne s'y résout pas. Elle regardait Forstetner et Satriano la regardait et toutes leurs pensées se lisaient sur leur visage. Il est d'accord ? se demandait Yvonne. Mais sur quoi ? Qu'est-ce qui se trame là ? Quelque chose que j'ignorerais ? C'est un peu fort. Achat ou vente ? La marquise San Giovanni est de force, voyant une maison à vendre ou à louer, est de force, dis-je, à y entrer, à se proposer pour chercher un locataire, non appât du gain, ces

San Giovanni sont assez riches, mais curiosité pure, désir de s'en mêler, goût des chiffres. « Elle est génoise, pas oublier », dit Satriano. On connaît l'anecdote : un Génois se jette par la fenêtre. Un Romain se précipite pour en faire autant. On le retient. Non, non ! dit-il, laissez-moi ! Si ce Génois se jette par la fenêtre, c'est qu'il y a quelque chose à gagner. Et Satriano regarde Yvonne. Il se régale déjà de la réflexion qu'elle va sortir, qu'elle ne pourra pas retenir.

— Ah ! je vous ai vu, je vous ai vu ! dit Mme Satriano à Andrassy.

Elle agita son doigt et une expression friponne, un moment, passa sur son visage d'évêque. Un moment seulement, comme l'ombre d'une main.

— Et je vous comprends ! Vous aimez vous attarder au milieu des fleurs. Oui, oui !

Se moquait-elle de lui ? Mais la comtesse Satriano est la bonté même. Elle ne se moque jamais de personne.

— Je comprends, je comprends !

Elle hochait le menton comme un cardinal bienveillant qui veut bien pardonner à un jeune lévite d'avoir un moment, parce qu'un oiseau chantait, levé la tête.

Yvonne San Giovanni s'en allait, longeait l'allée de renoncules. Satriano la reconduisait. Il lui disait des riens d'une voix sans un pli. Elle répondait. Il penchait sur elle son visage rond et blanc où se peignait un intérêt narquois. Elle parlait si haut qu'on l'entendait encore de la terrasse.

— Douze mille ! Ils t'ont vu venir, mon bonhomme.

— Le fric, toujours le fric, commenta Vos.

— Pauvre Yvonne ! dit Mme Satriano. Elle est si
généreuse.

— C'est vrai, dit Vos. Généreuse, mais pas un
sou de plus.

— Elle se met en quatre pour les autres.

— Juste, dit Vos. Mais elle ramasse les morceaux.

Le panama de Forstetner émit un grincement
de signification indécise. Il aimait la plaisanterie,
mais non qu'un peintre se permît d'en faire sur le
dos d'une marquise.

— Ce qui m'a choquée, je l'avoue, reprit
Mme Satriano, c'est de la voir arriver en tailleur
pour un déjeuner entre nous.

— À crever, dit Vos qui, lui, était habillé en
pêcheur, pantalon de toile et pull-over à col roulé.

— Voyons, à Capri, on s'habille comme on veut.
Alors ce tailleur, c'était déplacé. Un peu déplacé,
reprit Mme Satriano, visiblement confuse d'avoir
mis tant d'âcreté dans sa critique.

Le soleil venait de disparaître derrière le pan de
montagne au-dessus de la maison. Mais l'ombre ne
couvrait encore qu'une partie du paysage. Ça faisait comme deux mondes différents. L'ombre. Et
puis tout ce qui était encore au soleil, comme un
paradis perdu, brillant, lumineux, infiniment dési-
rable, avec les ruines du vieux Castiglione que le
soleil rosissait, le bâtiment du sémaphore peint à
larges carreaux noirs et blancs, les trois Faraglioni

clairs sur l'eau bleue. En bas, le récif des Sirènes avançait dans la mer comme une grosse patte. Une barque s'en détachait, à petits coups de rames.

En passant, les cochers la désignent à leurs passagers.

— La villa du comte Satriano.

Les touristes lèvent le nez. De la route, on voit un mur gris d'où sortent des ombelles mauves. Au-dessus, des caisses de géraniums et deux jarres rouges où poussent deux cactus énormes, toutes leurs palettes hérissées, comme des mains, comme le cauchemar d'un enfant qui rêve qu'on le taloche, qui ne voit plus que des mains autour de lui. Au-dessus, la façade blanche de la villa et, au-dessus encore, la masse rose, grise et ocre de la montagne que couronne une frange d'arbres. Il ne faut pas regarder trop longtemps. La tête en arrière, on finit par avoir l'impression que la montagne va vous tomber dessus. Il y a des gens que ça dérange.

— Ça te dirait quelque chose, toi, Arthur, cette montagne au-dessus de ta maison ?

De la terrasse, on les entend. Satriano sourit avec mépris. Il prend son pince-nez. C'est le seul pince-nez de l'île. Il y a du mépris aussi dans son attachement à cette forme désuète d'amélioration visuelle. Il se penche au-dessus du mur bas. On voit sa grosse tête pâle et son pince-nez. Le cocher salue avec enthousiasme.

— C'est lui, c'est le comte Satriano, dit-il à ses clients qui, un peu gênés, regardent bêtement.

Ou qui continuent à faire leurs réflexions. Il y a des gens pour ça qui sont d'un sans-gêne ! Les Anglais particulièrement. Comme s'il n'y avait qu'eux au monde à comprendre l'anglais ! Satriano, lui, lit Shakespeare dans le texte. Comme Goethe d'ailleurs et Saint-Simon. De temps en temps, quand il s'ennuie, il entame l'étude d'une langue. Pour le moment, il s'est attaqué au russe.

— C'est curieux, dit-il. Saviez-vous cela ? Que zamok, suivant que vous mettez l'accent sur za ou sur mok, ça veut dire château ou serrure ?

— La villa du comte Satriano...

Les cochers en parlent sur le même ton que pour la villa du comte Ciano qui se trouve sur la hauteur, juste en face, carrée, toute blanche, et comme si Satriano jouissait de la même notoriété que le malheureux gendre de Mussolini. En réalité, Satriano n'est célèbre que dans l'île, avec quelques prolongements parmi les deux ou trois mille personnes qui passent leur vie entre Venise, Florence, Salzbourg, Le Caire et Taos au Nouveau-Mexique. Là alors, il est connu comme le loup blanc.

— Vous allez à Capri ? Ne manquez pas d'aller voir Jicky.

Jicky ! Il a soixante-huit ans.

— Une maison ravissante ! Un rêve !

Non, la villa est confortable, sans plus. Et le jardin est bien tenu. Tous les jours, Mme Satriano en passe l'inspection.

— Une tête étonnante !

Si on veut. Il ressemble à Louis XVIII.

— Charmant, cultivé !

Mais pour les trois quarts des gens qu'il voit défiler chez lui, il ne desserre pas les dents.

— Et Iolanda, sa femme ! Vous la connaissez ? Quelle artiste !

Elle a un piano. Un Bechstein même. Mais elle n'en joue pas. Il est là pour les pianistes de passage. Alors on organise vite un petit concert intime. Pendant lequel Satriano va s'étendre sur son lit.

— Quelle âme !

Mme Satriano est bonne. Elle a aidé des gens dont on ne se douterait jamais. Mais, bien entendu, lorsqu'on dit : « Quelle âme ! » ce n'est pas pour sa bonté, c'est pour ses ridicules, pour son répertoire de mines, de pâmoisons, pour la poigne avec laquelle elle entraîne ses invités devant ses fenêtres, pour la vivacité avec laquelle elle les met en demeure d'admirer le paysage.

— Regardez ! C'est l'heure où le soleil ne touche plus que le sommet des Faraglioni. Mais regardez donc, vous ne regardez pas. Penchez-vous. Ce bleu sur ce vert, ce vert sur ce rose !

Trois vieux sages sourcilleux veillent sur l'île de Capri. Ou plutôt, veillaient, car l'un des trois, le plus notoire, Axel Munthe, est mort. Il reste les deux autres : Edwin Cerio et Jicky Satriano. Sauf erreur, Munthe n'a jamais dit ce qu'il pensait de ses deux collègues, mais eux ne cachent pas leur animosité à son égard. « C'est un Goth, disait

Cerio. Un protestant. Qui n'a jamais rien compris à rien. » Il entre là-dedans un tas de sentiments qui descendent peut-être jusqu'à la jalousie, mais qui participent aussi de la plus délicate pudeur. Qu'on imagine trois amants d'une Patti maintenant morte, d'une Sarah Bernhardt maintenant disparue. Mais, tandis que deux d'entre eux s'enferment avec leur souvenir de la prestigieuse, voici que le troisième, de sa liaison, fait un livre. Un livre où il dévoile, où il trahit les secrets de la tant-aimée, ses élans, ses manies. On conçoit la mauvaise humeur des deux autres. Imaginons alors qu'à tout bout de champ, on vienne leur dire : «Ah! oui, Chose, qui a été l'amant de la Patti. » N'y a-t-il pas là de quoi se fâcher? Quoi, n'ont-ils pas été ses amants aussi? Imaginons encore qu'avec son livre, Chose se soit fait beaucoup d'argent. Imaginons qu'à cause de lui, la maison de la Patti soit devenue une sorte de pèlerinage pour voyages Cook, sans cesse envahi de touristes, de marmots, de Suédois à appareils photographiques. Cerio, il est vrai, a aussi écrit quelques ouvrages sur Capri et Satriano parfois se fend d'une lettre ouverte au *Tempo* pour protester contre tel ou tel abus dont, à son sens, l'île pâtit. Mais ça n'a aucun rapport. Se profile ici la querelle entre bibliographes sérieux et auteurs de vies romancées. Les ouvrages de Cerio, les articles de Satriano, c'est du sérieux. *Le Livre de San Michele,* c'est de la fantaisie. Son succès même, aux yeux des deux autres, le condamne.

Bien entendu, avec le temps, ces animosités se

sont apaisées. Munthe est mort. Cerio devenu vieux s'est enfermé dans un silence hargneux. Satriano seul, qui est moins âgé et dont la femme aime recevoir, règne encore sur le secteur mondain de l'île. Mondain ? Non, le terme ne vaut rien. Les gens que les Satriano reçoivent sont bien des mondains, si on veut, mais ce sont avant tout « des gens qui comprennent Capri ». À partir de quoi appartient-on à cette élite et, d'une manière plus générale, qu'y a-t-il à comprendre, ce sont là des questions qui n'ont pas encore trouvé de réponses.

Les Satriano reçoivent donc beaucoup. Sans faste d'ailleurs. Ils ont quatre chambres d'amis. Elles sont presque toujours occupées. Pour le moment, il y a Forstetner et son secrétaire. Sans compter Vos qui vient déjeuner presque tous les jours.

— Pauvre garçon, dit la comtesse. Il faut bien l'aider. Il n'arrive même pas à nous payer son loyer.

Car ils lui louent deux chambres dans une petite maison qu'ils ont à Anacapri. On n'en finirait pas de citer les gens qu'ils ont obligés. Andrassy lui-même. Il y a un mois, il était encore dans un camp de Personnes Déplacées, à Bagnoli, près de Naples. Il y avait échoué après s'être sauvé de Hongrie où son père, député petit-agraire, était mort en prison. Heureusement il s'était souvenu d'un prélat qu'il connaissait un peu et qui vivait au Vatican, lequel prélat avait écrit aux Satriano, lesquels précisément recevaient en même temps une lettre de Forstetner leur annonçant qu'il avait hâte de venir les voir, qu'il avait l'intention d'acheter une maison à Capri et qu'il arriverait dès qu'il aurait trouvé un secrétaire.

— Mais le voilà, le secrétaire! avait dit Mme Satriano.

Elle confrontait les deux lettres comme une marieuse deux photographies.

— Par le même courrier, c'est un signe.

Satriano hésitait.

— Tu sais ce qu'on raconte...

Mais Iolanda Satriano était une constructive qui s'embarrassait peu des objections.

— Ce qu'il faut, c'est le tirer de là, ce garçon. Forst a des tas d'amis dans les ambassades. Après, s'il le faut, nous lui trouverons autre chose.

D'où le télégramme :

AVONS SECRÉTAIRE POUR VOUS GARÇON CHARMANT LETTRE SUIT AMITIÉS SATRIANO.

Lady Ambersford ouvrit les yeux, battit des cils — ses cils courts et pâles — et tout son visage rond sourit.

Elle était étendue bien à plat dans son lit étroit, la tête seule dépassant les draps, comme elle s'était couchée la veille. «Je me couche, une minute plus tard je dors.» Le soleil dessinait sur les majoliques jaunes du pavement un grand triangle. Bessie Ambersford tourna la tête. Dans le lit voisin, tout

pareil, lady Noakes dormait encore, elle aussi sage-
ment couchée sur le dos, mais sa longue figure à
joues plates avait une expression à la fois souffre-
teuse et agacée. Et des mèches grises lui sortaient
de son madras vieux-rose.

La chambre était petite, chaulée, blanche
comme le fond de l'œil, sans un tableau aux murs.
Un peu en avant des deux lits, exactement au
milieu de la pièce, un parapluie était posé sur le
pavement, tout étroit dans son fourreau, étendu si
droit qu'il en prenait un sens, qu'on lui devinait
une intention. Et de fait, c'était strictement à partir de ce parapluie que commençait un ordre
sévère : les deux chaises contre le mur, du linge
bien plié dessus, une petite table soigneusement
rangée. De l'autre côté, au contraire, du côté de
Bessie, s'ouvrait une région chaotique et dévastée,
des vêtements jetés par terre, un cendrier plein,
un soulier à moitié recouvert d'une culotte saumon.

Lady Ambersford se souleva un peu davantage.
Elle regardait autour d'elle, toujours avec son air
gai. Elle finit par s'asseoir dans son lit, ses deux
mains devant elle, sur la couverture, tapotant l'une
contre l'autre, chaque doigt sur son compère de
l'autre main. Elle regardait autour d'elle. Et son
regard a fini par se poser sur un sac à main. Un
vieux sac de cuir rouge et qui, lui aussi, comme le
parapluie, n'avait pas l'air d'être là par hasard.
Lady Ambersford le regardait. Elle n'avait plus son
petit visage d'enfant. Il lui était venu une expression anxieuse, angoissée. On voyait mieux ses

rides, sa couperose, les fines stries rouges de ses joues rondes. Lady Noakes dormait toujours mais elle avait parfois un léger frémissement, un petit rictus de dégoût, d'agacement. Alors, lentement, lady Ambersford s'est levée. On a eu le temps d'entrevoir, sous sa chemise, une grosse cuisse blême — et deux seins aussi, comme de longues gourdes. Quelque chose était venu s'ajouter à son expression anxieuse, quelque chose qui ressemblait à de la gourmandise, avec un mouvement de déglutition. Elle est allée jusqu'au sac, elle l'a ouvert. Mais il ne contenait qu'un billet de cinq lires, ignoble, tout crasseux, et un bout de papier y était épinglé qui portait, d'une écriture anguleuse : « Cette fois, vous ne pourrez me voler que cinq lires, salope. » Bessie tenait le tout entre les doigts, le bout de papier et le billet de cinq lires. Elle regardait, curieusement. Puis elle a remis le sac à sa place, elle a caché son butin sous la culotte saumon qui couvrait déjà la moitié du soulier.

Sur quoi lady Noakes s'est réveillée et elles ont commencé à se disputer. C'était comme un duo, la voix hargneuse de l'une, la voix d'enfant plaintif de l'autre.

— Nous allons être en retard, dit Andrassy avec agitation.

Ils avaient rendez-vous avec l'agent immobilier à onze heures. Or, il était déjà onze heures dix. Andrassy s'inquiétait. Mais Forstetner ne l'écoutait pas. Pis, il semblait avoir à cœur de le contrarier. À peine avaient-ils quitté la maison que déjà il se plaignait du train auquel Andrassy prétendait le mener.

— Qu'est-ce qui vous prend? Vous avez le feu au derrière? La route monte.

La route montait, c'était vrai, mais pas au point de ralentir sérieusement la marche. À droite, entre les oliviers vert argent, on apercevait la mer où parfois moussait une vague blanche. À gauche, le mur de grosses pierres grises où fuyaient des lézards.

— Onze heures et un quart, dit Andrassy.

Sous son panama, le vieux ricanait. Et sa canne frappait la route avec un petit bruit sec, sarcastique. Tic!

— Tous les hommes mesquins sont comme ça, dit-il. L'heure, l'heure, ils n'ont que ce mot à la bouche. Ce sont les heures qui abîment la vie.

En public, Forstetner n'aurait su montrer assez d'attentions pour son secrétaire. Il lui prenait le bras, lui parlait gentiment, presque tendrement. Une fois seuls, le ton changeait. «Andrassy, ma canne! Mon chapeau! Où avez-vous la tête, mon garçon?» Un vieux tyran morose se révélait. C'en était même curieux. Mais Andrassy ne cherchait pas à comprendre. À vingt-quatre ans, il est rare qu'on s'intéresse beaucoup à autrui.

— Onze heures vingt, dit-il sans beaucoup de conviction.

— Le Vésuve! rétorqua aussitôt Forstetner qui semblait n'avoir attendu que cette remarque pour s'arrêter. Regardez-moi ce miracle si vous êtes capable de l'apprécier. Non ! dit-il en même temps et assez rudement à un cocher qui lui proposait sa voiture.

Ils étaient arrivés à cette sorte de plate-forme où se rejoignent les trois routes de l'île et d'où l'on voit la mer des deux côtés à la fois. À droite, le large. À gauche, le port avec son môle coudé et, au-delà, fermant l'horizon, l'immense demi-cercle du golfe de Naples, le cap Misène à un bout, la pointe de Sorrente à l'autre et le Vésuve au milieu, le Vésuve nouvelle manière, tel qu'il se présente depuis son éruption de 43, le sommet effondré et sans son panache de fumée. L'air était pur et bleu. On distinguait les détails de la côte, le grouillis d'immeubles de Naples et même, au sommet de l'ex-volcan, la bavure nette de son cratère.

— Mauvais signe, dit Forstetner sur un ton de gourmet. Une si parfaite visibilité annonce la pluie.

— De la pluie ? Il pleut parfois à Capri ?

Andrassy avait encore sur l'estomac les roucoulements de Mme Satriano à sa descente de bateau. « Une gabardine ? Mais pourquoi ? Cher innocent ! Mais ici il ne pleut jamais ! » Quoi ? À Bagnoli qui n'est pas si loin, sa gabardine lui avait parfois servi cependant. Mais, depuis, Andrassy avait eu le loisir de reconnaître là un des dogmes de la religion particulière à l'île.

— Bien sûr qu'il pleut parfois. Toutes ces fleurs, vous imaginez peut-être qu'elles poussent sans eau. Vous avez de ces réflexions stupides.

Une femme passa qui portait sur la tête un ballot d'herbes. Puis un petit garçon qui poussait du pied, avec des passes, des feintes, des crochets, une balle en chiffons. Puis une voiture qui contenait un homme mûr et une adolescente, tous les deux le visage extasié, les yeux écarquillés, l'air de deux invités qu'on traîne de tableau en tableau. Le cocher, d'un geste large, leur montrait la mer. Un gros bateau blanc arrivait et l'eau, des deux côtés de sa proue, se gonflait comme de grosses moustaches.

— Le bateau de onze heures et demie, dit Forstetner avec l'expression de satisfaction compétente du snob qui reconnaît dans la foule une Rohan-Chabot.

— Ah! Onze heures et demie, dit Andrassy.

Forstetner, sans répondre, sourit, d'un petit sourire rentré, comme une vieille femme. Ils étaient maintenant dans une vraie rue, avec des maisons de chaque côté. D'une poissonnerie sortaient un bruit de voix et une odeur fraîche, sapide et rêche. Un homme, nonchalamment, raclait des affiches. L'animation augmentait et, de temps en temps, il fallait se ranger contre les murs pour laisser passer une voiture ou un taxi. Un burlesque à chandail de marin s'avança, proposa sa barque.

— Grotte adzour, missié. Grotte adzour. Molto jauli.

Ils arrivaient enfin à la place. Mieux : ils pénétrèrent dans la place, ils entrèrent dans la place. Comme on dit : entrer dans une chambre. Rien de la place de la Concorde. Rien de ces places de Limoges ou d'Angers, de ces aires larges et venteuses où les rues se libèrent, se défont, se débondent. La place de Capri, elle, est un lieu clos. Les ruelles qui y mènent ne sont guère plus larges qu'une porte et généralement voûtées. On se croirait dans un salon. Puis elle est petite. Les gens s'y pressent les uns sur les autres. On pourrait croire aussi que, par mégarde, on vient de se hasarder sur une scène de théâtre, que les gens ne sont que des figurants, qu'ils vont, d'un moment à l'autre, s'écarter pour laisser la diva ou Chaliapine occuper le devant de la scène et pousser la romance.

— Bien entendu, il n'est pas là, dit Forstetner. Bien entendu.

Il en avait l'air heureux, ma foi.

— C'est incroyable, dit Andrassy.

Il leva les yeux vers les chiffres verts du grand cadran du campanile. Il était onze heures et demie tout juste.

— Peut-être a-t-il renoncé à nous attendre?

Forstetner eut un rire bref.

— Il a dit onze heures. En langage du pays, ça veut dire midi, c'est tout simple.

Il aurait pu le dire plus tôt. Moi qui étais là à me faire du mauvais sang.

— C'est Capri, ça!

Cette phrase-là aussi, en quatre jours, Andrassy avait eu le loisir de l'entendre. Quelqu'un arrive pour dîner qu'on n'a invité que pour le thé? C'est Capri, ça. Un mari trompe sa femme? C'est Capri. Le cuisinier devient fou et verse le marasquin sur les côtelettes? C'est Capri. Le ton orgueilleusement attendri. Le dogme.

— Ah ! si c'est Capri... Mais ça doit être parfois bien agaçant.

Forstetner dédaigna de répondre. Au milieu de la place, le nez levé, l'air grognon sous son panama, grisâtre sous l'œil pensif des figurants assis sur les marches de l'église, on eût dit un directeur de théâtre qui hésite à faire lever le rideau. Puis, brusquement, il eut une expression humaine, sourit, souleva son chapeau. Andrassy se retourna. Il n'y avait qu'un petit homme, jeune mais terne, le nez affalé comme une saucisse et qui regarda Forstetner d'un air morne.

— Le prince Adolfini, dit Forstetner d'une voix contenue.

Puis, la voix un ton plus haut, frémissante, comme portée sur des ailes :

— La comtesse Russo. Un des plus grands noms d'Italie.

Puis, plus calmement :

— Et Vos.

Vos s'avançait vers eux, sa longue tête au-dessus du col roulé de son pull-over. Il allait les rejoindre lorsqu'il fut accroché par une femme. Accroché, à la lettre : elle avait lancé sa main sur le bras de Vos et le tenait ferme. Vos ne prit même pas la peine de cacher combien il en était contrarié. De toute sa longue figure, il adressa à Forstetner une moue de regret puis, se ravisant, il entraîna la femme. Elle résistait mais il continuait à l'entraîner. C'était une femme assez petite, plus très jeune, en pantalons de velours noir et chapeau de paille jaune, pointu, genre péon mexicain.

— Forstetner, dit Vos en appuyant sa présentation d'un geste large de la main, comme une nourrice qui veut encourager des petits garçons à jouer ensemble, Andrassy, Marjorie Watson.

— Ah ! Mrs Watson ! dit Forstetner d'une voix enchantée, Mrs Watson ! On m'a beaucoup parlé de vous.

Elle le regarda d'un air égaré. C'est vrai qu'elle avait de grands yeux un peu exorbités, trop grands pour elle et qui devaient lui donner l'air égaré pour un rien.

— Ah ! c'est vous qui devez acheter ma villa, dit-elle.

— Votre villa ?

Forstetner, sa réplique terminée, gardait la bouche ouverte, tant sans doute il voulait faire preuve de zèle.

— C'est ma villa que vous devez visiter à onze heures.

Machinalement, Andrassy leva les yeux vers le cadran du campanile. Vos suivit son regard, mais sans marquer qu'il fit le rapport.

— Mais attention, poursuivait Mrs Watson de son air revêche. Mon bail vaut encore pour un mois. Je ne le lâcherai pas.

À quoi rimaient ces propos hargneux ? Qui parlait de la chasser ?

— Je serais trop heureux de vous avoir comme locataire, Mrs Watson, badina Forstetner, la bouche en cœur.

Mrs Watson le regarda comme s'il avait parlé chinois.

— Le cas échéant, ajouta le vieux, embarrassé.

— Je vous laisse, dit-elle, toujours de son air amer. J'avais rendez-vous avec Stanny...

À vingt centimètres au-dessus du chapeau de péon, Stanneke Vos fit une grimace douloureuse.

— Vous n'avez d'ailleurs pas besoin de moi pour visiter la villa. Vous trouverez du whisky sur la commode du salon. Ou dans ma chambre. Stanny ! Tu regardes encore cette femme ! Et moi, tu ne me regardes jamais.

Stanny se plia en deux, alla lui parler sous le nez.

— C'est ma faute ? dit-il d'une voix excédée. Avec ce chapeau ! Je devrais me tenir comme ça pour te regarder.

Ce propos devait être pour Mrs Watson du dernier galant. Elle eut un sourire charmé, enleva son chapeau, secoua ses cheveux courts. Elle était très fardée mais, dans le cou, son teint naturel perçait, plutôt grisâtre.

— Allons nous asseoir, proposa Forstetner.

Des trois côtés de la place, trois cafés poussaient en avant leurs tables de fer et leurs sièges nickelés. À certains égards, on eût pu se croire aussi place Saint-Germain-des-Prés.

— Non, non, non, dit Mrs Watson avec agitation. Je dois aller avec Stanny. Tu viens, Stanny ?

Elle l'entraînait. Forst n'était pas content.

— Une des reines de New York, dit-il avec un air de blâme.

Il se dirigea vers une des trois terrasses. Quelques hommes à pull-over tendres, quelques

femmes en pantalons et un caniche noir y étaient
déjà attablés.

— Un instant, dit Forstetner, comme Andrassy
s'asseyait. Il faut que vous alliez acheter des
timbres.

— J'y vais.

Le bureau de poste se trouve sur la place, au
fond d'une cour. Comme Andrassy en sortait, il la
vit, elle, la jeune fille de la veille, la jeune fille de
la lettre, avec ses cheveux sombres mais légers
comme une mousse. Elle venait vers lui et le regardait, sans sourire mais le visage ouvert — avec
cette... cette brèche dans le regard qu'on a pour
les gens qu'on reconnaît, cette encoche, ce
quelque chose qui fêle l'habituel mica du regard.
Andrassy sourit. Elle sourit aussi, d'un sourire gai,
large, heureux, qui ne marchandait pas son plaisir.

Mais à peine assis :

— Qui est cette petite bonne femme à qui vous
avez dit bonjour ? attaqua Forstetner.

Andrassy le regarda. C'est qu'il avait l'air
furieux, le vieux.

— Mais c'est la jeune fille qui vous a apporté
cette lettre hier, que vous m'avez chargé de recevoir.

— La lettre de Rampollo ?

Rampollo était l'agent de location, celui précisément...

— Ah ! c'est la fille de Rampollo ? On dirait que
ça vous intéresse...

La voix était griffue. Au-dessus de son long nez

rouge, derrière ses lunettes, les petits yeux de Forstetner brillaient comme des yeux de souris, vifs,
agiles.

— Mais souvenez-vous de ce que je vous ai dit.
Pas de femmes ! Pas d'histoires de femmes autour
de moi !

— Mais, monsieur...

— Je ne veux pas être ridicule.

— Je ne vois pas...

— Vous n'avez pas à voir !

Forstetner s'énervait, tapait de sa canne sur les
dalles. Des autres tables, on commençait à les
regarder.

— Même si ça vous paraît... si ça vous paraît...
vous avez promis. C'est notre contrat. Un contrat
est un contrat.

— Parce qu'une femme me dit bonjour...

— Je ne vous reproche rien. Je ne fais que vous
prévenir. Pas d'histoires de femmes ! J'ai horreur
de ça. C'est sale, d'abord. Je...

Il s'aperçut qu'on l'écoutait, haussa les épaules,
poursuivit un peu plus bas, en se penchant — mais
le visage toujours marqué de ce même zèle crispé,
tendu — et même avec une sorte d'angoisse.

— Vous avez promis.

— Bon, j'ai promis, dit Andrassy.

Forstetner émit un grognement, se réassura sur
sa chaise et, les mains sur sa canne, le panama sur
le nez, il regarda devant lui. Mais sa bouche avait
encore un léger mouvement, comme s'il mâchonnait quelque chose devant ses dents. Andrassy, lui
aussi, regardait devant lui.

... Et il y eut le camp de Bagnoli.

C'est à côté de Naples, Bagnoli, sur la route de Rome, un faubourg qui touche à la campagne, des maisons pouilleuses, grises, à relents ocres ou roses, de vieux trucs aratoires qui traînent sur les trottoirs de terre battue, quelques arbres encore où pendent des lessives, et une enceinte, une palissade, un treillis au-dessus, des baraquements, quelques maigres fumées : le camp de concentration pour Displaced Persons.

Et un matin, l'Ukrainien du bureau :

— Andrassy ! Une visite.

Devant le bureau, Andrassy avait trouvé Forstetner.

— On m'a parlé de vous.

Son petit regard vif passait sur Andrassy, rapide, fureteur, comme de petites souris. Quelques internés, de loin, regardaient mollement. Un vieux avec son seau. Un gardien qui bâillait, et son visage se décomposait, devenait pareil à un marais où rampent des bêtes.

— Ça ira, je pense. Une fois rasé.

Puis, plus vite :

— Je retourne à Rome aujourd'hui même. Je reviendrai avec un de mes amis qui est conseiller d'ambassade...

Un temps d'arrêt, sans doute pour souligner la chose.

— Il arrangera votre affaire. Je vous prends comme secrétaire. Vous m'accompagnerez à Capri où je veux m'installer, acheter une villa. Hein, à Capri... !

Déjà un des dogmes de l'île qui affleurait : l'incroyable bonheur que c'est d'y habiter.

— Vous aurez dix mille lires par mois pour vos dépenses. Mais j'y mets une condition. Formelle ! Pas de femmes. Pensez-y. Je ne veux pas d'un secrétaire qui fasse le... J'ai horreur des histoires de femmes. Ça finit toujours mal. Et c'est moi qui aurais tous les embêtements.

— Vous avez raison, monsieur.

Les palissades, le treillis au-dessus. Et au delà, la route, les vignes, la liberté. On pense si Andrassy s'occupait des conditions.

— Mon secrétaire précédent m'a donné tous les ennuis de la terre. Je ne veux pas que ça recommence.

— Il n'y a pas de danger, monsieur.

Dieu sait s'il avait envie d'une femme, cependant. Depuis le temps !

— Les Italiens sont chatouilleux.

— Oh ! je sais.

— Vous le savez ? Comment ?

Le petit regard fureteur, soupçonneux.

— Je l'ai entendu dire. Mais vous pouvez être tranquille.

Les palissades, les barbelés. Et, en face, la liberté. La liberté ocre et rose.

— D'ailleurs, les femmes, moi...

— Ah oui ?

Le ton un peu trop appuyé, trop intéressé. Mais immédiatement corrigé.

— D'ailleurs, mes raisons ne vous regardent

pas. Nous faisons un contrat. Je propose les conditions que je veux.

— C'est évident.

Sur la place, l'animation avait augmenté. C'étaient les passagers du bateau de onze heures et demie. Ils arrivaient par le funiculaire qui aboutit derrière le campanile, comme le monte-charge d'un théâtre perfectionné qui amènerait les figurants derrière un portant. D'autres arrivaient en taxi, en descendaient, éberlués.

— C'est l'hôtel ? Où est l'hôtel ?

Il fallait leur expliquer que les taxis ne peuvent pas dépasser la place, qu'au-delà il n'y a plus que des ruelles trop étroites. Ça n'allait pas tout seul. Une vieille ahurie à chapeau violâtre se fâchait. Un portier en redingote bleue conduisait deux porteurs rabougris qui pliaient sous une pincée de valises. Devant sa boutique, d'un index hâtif, le marchand de journaux déchirait l'emballage de ses paquets de quotidiens. Des gens entraient, sortaient, chacun son journal devant soi, comme une aile froissée et malpropre. C'est un appentis peint en vert, la boutique du marchand de journaux. À côté, un des trois cafés, avec un auvent rayé blanc et rouge. Puis des magasins, une mercerie, une pâtisserie, un marchand de souvenirs. Au-dessus, les façades basses à toits plats. D'un rose crémeux, les façades, ou blanches, ou d'un bleu mousseux. Et, de-ci de-là, des plaques commémoratives pour rappeler des choses. Et l'église. Mais l'église n'est pas vraiment sur la place. Elle ne fait que l'effleurer, avance un coin de sa façade blanche, comme quelqu'un qui veut écouter sans en avoir l'air. L'entrée est sur une petite place latérale. Quelques marches y conduisent où généralement sont assis quelques indigènes, à prendre le soleil, à *godersela*, à se la couler douce.

— Le voilà, dit Forstetner en souriant.

Un petit homme à nez busqué avançait vers eux en agitant son journal à un rythme court et apaisant, comme un tapotis sur une croupe, l'air de dire : « Voilà, voilà, mes agneaux, ne vous agitez pas, je suis là. » Mais, avant de les rejoindre, il trouva encore le moyen de dédier quelques mots, quelques gestes à un quelconque qui fumait un cigarillo.

Et à une des trois terrasses, assis à une table, un peu à l'écart, il y a Laura Missi et Franco Cetrilli. Laura Missi, la veuve du fameux Missi, le magnat des automobiles, et Franco Cetrilli qu'on appelle couramment le beau Cetrilli. Et, par-dessus une assiette où attendent quelques sandwiches, le beau Cetrilli se penche vers Laura Missi et il articule des riens avec âme. Laura Missi ronronne. Elle est quelconque, très quelconque, pas agressivement laide, non, mais nulle, les traits comme fondus les uns dans les autres, le teint blanc.

— Laura, dit-il, vous êtes ma vie, vous êtes la femme de ma vie.

La moustache courte, une pincée de gris déjà aux tempes.

— Laura, que me sert ma vie si je ne puis pas vous la consacrer?

Elle regarde devant elle, elle sourit, elle prend un sandwich.

— Pourquoi n'êtes-vous pas venu hier soir? demande-t-elle. J'ai été déçue. J'étais seule, la femme de chambre sortie.

Cetrilli ne retient que de justesse un rictus de dégoût. La femme de chambre sortie? Eh, il avait eu du nez de ne pas y aller. Il aurait encore fallu coucher, sans doute. Toutes ces femmes ne pensent qu'à ça.

— Un soir, murmure-t-il langoureusement. Qu'est-ce donc qu'un soir?

Laura Missi ne répond rien. Elle ne pourrait pas, elle a la bouche pleine. Mais elle a l'air de trouver qu'un soir c'est quelque chose.

— Un soir qui n'aurait pu me donner que le regret de tous les autres soirs que je n'aurai pas.

— Vous ne mangez rien?

Il s'agit bien de manger! Rageusement, le beau Cetrilli prend un sandwich, l'expédie en deux bouchées et brusquement, la voix changée, deux tons plus bas que d'habitude, le masque douloureux:

— Laura, une fois encore je vous le demande: voulez-vous être ma femme?

Elle le regarde. Allons, il y a du progrès. La dernière fois, elle s'était contentée de hausser les épaules.

— Mon pauvre Franco, j'ai deux enfants.

— Que m'importe! Je serai pour eux un second père.

Pardi ! Les héritiers de Missi. Deux et quatre ans. Dix-sept ans avant d'avoir à rendre les comptes de tutelle.

— Un second père, reprend-il gravement. N'en ont-ils donc pas besoin ?

Laura pose sa main sur la sienne.

— Vous êtes bon, Franco.

— J'aime les enfants, répond-il d'une voix toute simple, raisonnable.

Il a une fossette au menton, un nez court, coupé si droit que c'en est une joie pour le regard.

— Venez donc ce soir, dit Laura.

Ce soir ? Cetrilli reprend son air circonspect. Ce soir ? Qu'est-ce que ça cache encore ? Et Madame voudra coucher, sans doute ? Et après quoi, le mariage, oh ! pardon, quel mariage ? On lui a déjà fait le coup.

— Ce soir ? Oh ! je suis désolé, mais ce soir, vraiment, je ne pourrai pas.

Elle était charmante, la villa de Mrs Watson. Charmante. Malgré son principe de ne jamais montrer son enthousiasme, Forstetner l'avait déjà dit deux fois. Elle lui plaisait infiniment. Rien que la situation, déjà. La villa se trouvait du côté de Tragara. Le quartier passe pour cossu, considération à laquelle Forstetner n'était pas indifférent. Le soleil y donne plus tard que chez les Satriano. Un Italien eût pu y voir un inconvénient mais, en vrai Suisse, Forstetner ne craignait pas le soleil.

— Les nuits y seront chaudes, lui dirait Satriano au retour.

— Ça m'est égal. Nous n'avons pas peur des nuits chaudes. N'est-ce pas, Andrassy ?

Andrassy avait rougi. Sans savoir pourquoi. Peut-être le regard de Satriano.

Puis un joli chemin pour y arriver, tout bordé d'oléandres. Une vue magnifique : quelques pins, un bout de vigne, la mer. Et une entrée ! L'entrée était incroyable. Immédiatement après la grille commençait un large chemin de majoliques, vert vif, d'un vert comme, dans les autres pays, on n'ose en mettre que dans les salles de bains. Ça montait en trois paliers au milieu d'une profusion de cactus, d'agaves, de palmiers, pour aboutir à une statue de Minerve que flanquait, un peu sur le côté, émergeant de ce fouillis tropical, inattendu, inconcevable, impensable, comme un cheval dans un lit, comme un trombone dans une baignoire, véritable choc pour l'esprit, surprise pour les sens, un réverbère. Un vrai réverbère, comme dans les capitales, avec sa cage vitrée, sa couronne sur la tête, ses deux bouts de fer comme une cravate papillon et, vers la ceinture, son évasement de jupe entravée. Forstetner en était fou, de ce réverbère. Il avait le goût assez sûr pour pouvoir apprécier une aussi ravissante extravagance.

— Même si je n'achète pas la villa, il me faut ce réverbère.

Le jardin était joli, la maison pas très grande mais amène, fraîche. Pas très en ordre, par exemple. Pour une reine de New York, Mrs Watson ne s'avérait pas une maîtresse de maison de tout premier ordre. Qu'il y eût deux bouteilles de whisky à traîner dans le salon, c'était encore assez naturel. Mais qu'il y en eût une troisième, et ouverte, sur la coiffeuse de la chambre à coucher, ça commençait à donner à penser. Forstetner et l'agent de location avaient échangé un regard sous l'œil épais mais indifférent d'une femme de chambre qui les suivait de pièce en pièce en passant parfois sur un meuble une main comme une escalope qu'elle regardait ensuite avec un étonnement sans excès.

— Bien entendu, nous exigerons la remise en état, dit l'agent qui, visiblement, n'avait jamais été de taille à rien exiger de personne.

Mais Forstetner n'avait pas l'air de s'attacher à ces broutilles.

— Ma chambre...

Il s'animait, laissait percer une joie d'enfant qui le rendait presque sympathique.

— La vôtre, Andrassy...

Il lui prenait le bras.

— Avec une terrasse. Vous y serez parfaitement bien. Hein? Avec cette vue, ces palmiers...

Il était de fait que... Andrassy en arrivait à se demander si ce vieux despote ne s'était pas, après tout, pris pour lui d'une affection véritable.

— La plus jolie villa de l'île, messieurs.

L'agent ouvrait les placards.

— Vingt costumes. Sans les serrer!

Donnait des coups de poing dans les matelas.

— Laine véritable!

Quant au prix, bien entendu il était absurde. La chose ne présentait pas une importance capitale. Dans le sud de l'Italie, le prix de départ n'est qu'une sorte d'amusette, qu'on lance comme ça, pour dire quelque chose, parce qu'on ne désespère pas de tomber un jour sur un Américain distrait. Mais le prix véritable, on ne pourrait en parler qu'après avoir vu le propriétaire. Il n'était pas là. Il était à Rome. Mais l'agent allait lui télégraphier. Il accourrait. Tout de suite ! L'agent s'excitait. Un télégramme ! Urgent ! Double tarif ! Réponse payée !

— Pourquoi réponse payée ? dit Forstetner.

La soirée s'était arrangée un peu par hasard.

Vers six heures, après le thé, Forstetner avait voulu retourner à la villa Watson. Il y avait des détails qu'il n'avait pas bien vus, qu'il voulait vérifier. Disait-il. En réalité, des commentaires qu'il avait égrenés le long de la route, il apparaissait clairement qu'il voulait surtout se mettre sur un certain pied d'intimité avec Mrs Watson.

— Elle est charmante. Et fine, surtout. Très fine. Je vois tout de suite ces choses-là. Il paraît qu'à New York elle a une situation mondaine de tout premier ordre. Ça me ferait un point d'appui. C'est ce qui m'a retenu d'y aller, jusqu'ici : je ne connais personne à New York.

Pour Forstetner, une ville où il ne connaît personne, c'est le Sahara.

— Dommage qu'elle se soit entichée de Vos. Il n'a aucune surface. C'est toujours la même chose, avec ces Américaines en Europe : elles sont perdues. Il lui faudrait un conseiller. Oh ! voilà le comte Haven, je suis sûr...

Il coulait un regard presque tendre vers un vieil homme qui passait.

— On en rencontre des gens, ici... C'est que je n'ai pas de temps à perdre, aussi. Elle part dans un mois... Et les Satriano ne veulent pas l'inviter. Ils la trouvent vulgaire... Vulgaire ! Ils ont de ces préjugés ! Je le leur dis toujours : il y a une nouvelle société qui monte, dont il faut tenir compte, à notre époque surtout, avec le socialisme...

À leur arrivée, ils avaient été accueillis assez fraîchement par Mrs Watson, mais avec enthousiasme par Vos. De sa grande main au bout de son long bras il les pêchait sur la terrasse, les faisait entrer.

— Déranger ! Mais non ! Pas du tout ! Pourquoi donc ! Allons, entrez... Marjorie !

Il essayait d'encourager Mrs Watson, mais elle gardait son expression morose.

— C'est que je ne voudrais pas..., badinait Forstetner, tandis que Vos trouvait le moyen de glisser à Andrassy, entre haut et bas :

— Vous arrivez paf. Elle allait me violer. Je ne trouvais plus de prétexte.

Puis, plus haut :

— Un whisky ? Deux ? Trois ? Nous n'avons pas encore tout à fait fini la première bouteille.

— Stanny, dit Mrs Watson.

— Marjorie, dit Vos en l'imitant.

46

— Ah ! je n'y résiste pas, je vais vous appeler Marjorie, moi aussi, dit Forstetner d'une voix affectée et en faisant des gestes d'arrangeur de bibelots. Marjorie ! On devrait plutôt dire : Ma Jolie.

Mais Ma Jolie avait rejoint son divan de reps vert et ne faisait pas mine d'avoir entendu.

— Marjorie Ma Jolie, répéta Forstetner.

Elle finit par lui consacrer un sourire excédé. Mrs Watson avait toujours l'air d'avoir tout fraîchement pris un médicament atroce.

— *Nice*, dit-elle. As-tu entendu, Stanny ?

— Môgnifique ! dit Stanny avec enthousiasme.

— Dites donc, s'écria Forst après quelques verres. J'ai une idée, moi.

— Elle doit s'embêter toute seule, dit Vos.

— Une idée pour ce soir. Au lieu de rester chacun chez soi, à s'ennuyer, si je vous invitais à la pizzeria ?

Pizzeria, c'est, à peu près : bistro.

— Sucucu ! beugla Vos.

Mais Marjorie fit des objections. Il était près de huit heures. Sa cuisinière devait déjà avoir préparé le dîner. Il valait mieux qu'on restât chez elle. Ce serait charmant. Les deux petits ménages ! Andrassy trouva l'expression un peu... Mais Forstetner prétendait que c'était une dérobade.

— Si, si, je le vois bien...

Il minaudait.

— Vous ne voulez pas vous montrer avec moi.

On convoqua la cuisinière. Elle abonda aussitôt dans le sens de Forstetner. Non, non, Madame pouvait sortir, le dîner n'était pas prêt, justement elle était en retard, et d'ailleurs c'étaient des choses qu'on pouvait garder pour le lendemain.

— Vous voyez !

On se mit en route, tandis que la cuisinière, enchantée, donnait quelques coups de téléphone pour inviter — en plus des deux ou trois parents qu'elle nourrissait régulièrement sur le dos de Mrs Watson — trois autres collatéraux envers qui elle avait des obligations.

Sur la place, encore moutonnante, les cafés bourrés, on rencontra lady Ambersford et lady Noakes. Mrs Watson leur présenta Forstetner qui en montra un tel plaisir que c'en devenait gênant. Il les invita aussitôt, tremblant qu'elles ne fussent déjà prises. Elles ne l'étaient pas, bien entendu. Lorsqu'elles traînaient encore sur la place vers les huit heures et demie, c'était en général dans l'espoir de se faire inviter.

— Nous trouverons bien un imbécile, disait lady Noakes.

Les jours de moindre appétit, elles restaient chez elles, se cuisaient deux œufs. Mais Forstetner était ravi. Deux ladies ! La propre belle-sœur du duc d'Ambersford, écurie de courses, derby d'Epsom, culottes célèbres à Monte-Carlo et mari de la non moins célèbre Alice Burnes que, pour des raisons transparentes, on surnommait : Hommes, bêtes et dieux.

— J'ai déjà eu le plaisir de vous être présenté, papillonnait-il à l'intention de lady Ambersford. À Nice. Vous vous rappelez peut-être ?

— Pas du tout, répondait-elle en articulant fortement.

Elle avait toujours son air d'enfant, ses yeux clignotants et rieurs. Et des pantalons bleu ciel qui lui faisaient un derrière énorme. Lady Noakes, elle, s'était mis de longues boucles d'oreilles en nacre qui, lui étirant encore le visage, accentuaient sa ressemblance avec un setter souffreteux.

Après quoi, au restaurant, nouveau plaisir : les Adolfini, prince et princesse Adolfini, flanqués d'un blondin délicat dont personne ne comprit le nom, mais que la princesse appelait « trésor », et le prince « mon Jacquot ». On réunit deux tables sur la longue terrasse où déjà pas mal de gens se trouvaient. Au-delà, il y avait les maisons et la mer mauve raisin et le gros tas rose de l'île d'Ischia. Adolfini portait une blouse rouge taureau et des bracelets qui ne suffisaient pas à atténuer l'incurable tristesse de sa silhouette concave et de son nez mou. Jacquot, lui, se contentait d'une chaîne d'or autour du cou, qu'il tirait de temps en temps ou qu'il tenait entre les dents.

— La médaille de ma première communion...

— Qu'il est chou ! disait Adolfini de derrière son nez.

Des autres tables, les gens les regardaient, commentaient orgueilleusement.

— Watson, oui. Son mari est un roi de quelque chose. Des cochons ou de l'acier, je ne sais plus.

— Mais c'est bien simple, il est impuissant.

— Français, je pense.

— Il y a des gens qui savent se retourner dans la vie.

— Ailleurs aussi.

Un famélique à guitare, les joues en dedans, vint leur chanter *Sole Mio* et *Marechiare* que Bessie Ambersford écouta l'œil blanc et Marjorie Watson la tête sur l'épaule de Vos — un peu en dessous plutôt, sur sa clavicule. Plus tard dans la soirée, assez ivre, elle voulut chanter à son tour. Des chansons américaines, *Honey River* et d'autres, qu'elle mélangeait, en titubant sur place, en finissant par s'écrouler sur les genoux de Vos, lequel, à pleines mains, la remit sur sa chaise.

— Je vais faire la quête ! cria le blondin avec des gestes énervés.

Il prenait une assiette, une serviette pliée dessus. Il était gracieux ainsi, avec sa chemise ouverte jusqu'au quatrième bouton, sa médaille qui pendait sur sa poitrine blonde, sa grosse bouche de gamin. Les gens riaient, tendaient de loin leur billet, en l'agitant, avec un regard en coulisse pour s'assurer que le prince Adolfini les voyait, ou Mrs Watson ou lady Ambersford.

— Un roi de l'acier, il paraît. Une fortune énorme. Dernièrement, elle a fait venir un orchestre pour elle toute seule.

— Un Hongrois, m'a-t-on dit... Avec le vieux, évidemment.

Jacquot était arrêté devant un ronchonneur qui ne voulait rien donner, lui faisait des agaceries, avec sa voix de Français, pointue, qui rétrécissait les syllabes.

— Pour la musique...

— Je n'aime pas la musique.

— Pour moi, alors.

La quête finie, personne, au milieu des rires, ne songea à se demander où avait passé la recette. Sauf le famélique à guitare. Il avait eu un moment l'innocence de penser que Jacquot la lui remettrait.

— Bessie, dit soudain lady Noakes à voix basse mais sévèrement, Bessie, où est votre fourchette ?

— Le garçon me l'a déjà enlevée, Marianne, dit Bessie plaintivement.

— Sûre ?

— Sûre.

— Bon alors, dit lady Noakes en prenant une troisième banane.

Un principe, chez elle, la banane : c'est un fruit nourrissant.

— Et vous vivez toujours ici ? lui demandait Forstetner onctueusement.

Le garçon apportait l'addition, sur une soucoupe, et la tendait devant lui, dans le vague. Personne ne faisant mine de la prendre, Forstetner finit par payer le tout.

— Nous nous arrangerons plus tard, risqua-t-il.

— Voici ma part, dit Vos.

Il avait tendu son billet aussi ostensiblement que possible. En pure perte : Adolfini s'intéressait passionnément à un chat qui, fort à propos, était venu se fourrer sous sa chaise. Quant à Jacquot, il apparaissait avec évidence que l'idée de payer une addition ne l'avait jamais effleuré.

— Alors? Qu'est-ce qu'on fait? demanda Wanda Adolfini les yeux brillants.

C'était une femme très mince, la peau sur les os, mais avec une grosse bouche en avant, comme un fruit. Elle était toute en noir, chemisier et pantalons. Le noir se portait beaucoup cette année. Et une ceinture rouge, en cuir, qui portait, clouté en or, son prénom.

— Allons chez moi, proposa Marjorie.

L'offre était attendue. Elle fut acceptée sans embarras inutiles. Sur les marches de l'église, on rencontra encore Hans Bluthke, le peintre allemand. Sans que personne l'en eût prié, il se joignit volontiers au cortège. Une chance d'ailleurs, car c'était un joyeux compère. Tout le long du chemin — la rue en pente, puis celle qui est bordée d'arbres, la nuit était près pure — il imita tour à tour le trombone et le cornet à pistons.

— Tous ces gens, Stanny, tous ces gens! gémissait Mrs Watson qui regrettait son invitation.

Elle le disait à haute voix, sans d'ailleurs réussir à troubler la bonne conscience de personne. Forstetner avait pris le bras d'Andrassy et, de temps en temps, émettait un rire étouffé. La princesse Adolfini avait le bras autour du cou de Jacquot et avançait tout de travers. Lady Noakes suivait, renfrognée, flanquée de Bessie Ambersford qui avait l'air de rouler sur ses fesses.

Arrivé à la villa, le peintre allemand, toujours sur sa lancée, entreprit d'égayer le monde en découpant des silhouettes dans un journal : un cow-boy, une négresse, un chien couvrant sa chienne. Chaque fois, il s'esclaffait à l'avance :

— Vous allez voir !

Avec tant de virulence qu'on était bien forcé de rire avec lui. Il avait une bouche énorme, comme un crocodile. Fini de rire, il la refermait en claquant. Un vrai saurien. Quant à Vos, il versait à boire — sans s'oublier.

— Je m'embête, confiait-il à Andrassy. Je m'embête. Alors, autant boire. Je fais ça pour Marjorie. C'est une brave fille, tu sais...

Puis, le regard triste :

— Si seulement elle avait de plus gros nichons.

Marjorie était effondrée dans un fauteuil. Assis à côté d'elle, Forstetner essayait de lui soutirer quelques renseignements sur la bonne société new-yorkaise. De temps en temps, du poignet, elle l'écartait. Ou se soulevait pour regarder au-dessus de sa tête.

— Stanny, tu es encore là ?

— Non, répondait Vos facétieusement.

Wanda Adolfini se vautrait sur les genoux de Jacquot. Son mari, lui, ne faisait rien. Il buvait son whisky, le mâchonnait pensivement, finissait par l'avaler.

— Cent lires les cent grammes ? dit Marianne Noakes. Vous êtes sûr ? C'est plus cher qu'en Angleterre.

Puis, brusquement inquiète :

— Où est Bessie ?

Vos envoya son coude dans les côtes d'Andrassy.

— Ah ! je ne sais pas, je ne sais pas. Peut-être du

côté de la cuisine. Fais attention, Marianne, elle te trompe avec la cuisinière.

Lady Noakes le regarda avec haine.

— Schh... ! dit-elle.

Comme à un chat. Vos eut un rire charmé, tandis que lady Noakes prenait le petit escalier du fond, pénétrait dans la chambre de Mrs Watson. Bessie y était, étendue sur le lit, profondément endormie.

— Vous dormez ? demanda lady Noakes.

Pas de réponse.

— Vous dormez ? Non, vous ne dormez pas. Vous faites semblant.

Penchée sur Bessie, lady Noakes avait l'air d'une Carabosse qui jette un sort sur un honnête poupon. Mais l'honnête poupon ne bronchait pas.

— Vous dormez vraiment ? Alors vous ne m'entendez pas si je vous dis que vous êtes une voleuse, une salope, une horrible vieille femme ?

Rien. Ses jambes bleu ciel bien étendues, la bouche entrouverte, Bessie dormait.

Toujours penchée, lady Noakes la couvait d'un regard haineux.

— Qu'avez-vous encore volé ?

Son long buste courbé vers le lit, elle promena sa tête autour d'elle, d'un mouvement lent et circonspect, comme une tortue. Elle finit par aviser le sac de Bessie. Il était là, posé sur le lit. Elle le prit, le fouilla, en retira un bracelet.

— Ph... ph... fit-elle par le nez, avec une expression révulsée.

Elle rejeta le sac sur le lit, eut encore un regard

impérieux pour l'endormie, sortit de la chambre, s'arrêta une seconde au seuil du salon. Une drôle de lumière blanche y régnait, un peu adoucie par la fumée qui flottait à la hauteur des lampes.

— Salut, vieux pyramidon ! lui cria de loin la princesse Adolfini.

Elle éclata d'un rire strident et, abandonnant les genoux du blondin, elle avança en titubant vers lady Noakes.

— Salut, vieille moche...

Tandis que son mari bondissait de son fauteuil, se précipitait sur les genoux de Jacquot, s'y pelotonnait, les jambes ramenées sous lui, fourrant dans le cou du blondin son long nez et son visage éteint.

— À moi maintenant ! À mon tour !

Il souleva encore la tête pour crier à sa femme, derrière la nuque de Jacquot :

— Tu prends toujours tout !

— Tenez, dit la Noakes à Marjorie en lui tendant hargneusement le bracelet. J'ai trouvé ça, qui traînait.

Marjorie ne l'écoutait pas. Elle tenait Vos par le bras. Son long bras nu qui sortait de la manche roulée de son pull-over, avec des muscles comme des cordes.

— Il est trop tard, maintenant. Tu n'as plus d'autobus pour remonter à Anacapri. Tu dormiras ici.

— Le médecin m'a conseillé de marcher avant de me coucher, dit Vos.

— Voici votre bracelet.

— Tu marcheras un peu dans le jardin.

— À Bâle, j'ai connu un Bobby Noakes, hasarda Forstetner.

Et l'Allemand qui s'était mis au piano et qui chantait à tue-tête. Un air de *Carmen*.

— Mais est-ce qu'il est à vous ?

— Quoi ?

— Ce bracelet ?

Elle en montrait les dents, la Noakes.

— C'était un de vos parents ?

— Je suis Carmen ! criait Wanda Adolfini en virevoltant. Je suis Carmen.

Les doigts au-dessus de la tête, elle imitait les castagnettes.

— On me tue ! Je meurs !

Elle se donnait un coup sur sa poitrine de garçon, s'écroulait au milieu de l'inattention générale.

— Tu resteras ?

— Alors, petit, tu as fini de me chatouiller ?

La voix veule de Jacquot.

— Une parodie de Bach !

À son piano, l'Allemand se tordait déjà, claquait la mâchoire.

— Et ceci ?

Il levait ses énormes mains jusque par-dessus sa tête, les abattait sur les touches.

— *Aha ahum wir wissen warum.*

— Ah ! je me rappelle, dit Forstetner avec un rire barbouillé sur sa figure à plis. Je me rappelle !

— Chantez avec moi !

— J'ai oublié les paroles.

— Le refrain ! *Aha ahum wir wissen warum !*

— *Aha ahum wir wissen warum.*

Dans la chambre de Marjorie, Bessie se réveillait, souriait, balançait la tête au rythme de la chanson.

— *Aha ahum...*

Elle prit son sac, le fouilla.

— Oh !...

— Et ceci, mon vieux, écoute ça !

Et Bluthke entonnait :

— *Ritschi putschi titschi tatschi roum boum boum...*

— *Schön !* hurla Forst enfin déchaîné. *Schön ! Prima !*

La princesse Adolfini (les Adolfini ont donné à l'Église deux grands papes : Jules IV et Alexandre IX) essayait d'arracher son mari des genoux de Jacquot. Mais l'époux se cramponnait.

— Non, non ! un peu à moi, maintenant...

— Jacquot trésor, qui préfères-tu, le mari ou la femme ?

— M'en fous, dit Jacquot pâteusement. Ils sont moches tous les deux.

Vos, qui était près d'eux, se détourna brusquement, attrapa Andrassy par le bras.

— J'en ai plein le chose, dit-il. C'est un chou cependant, Marjorie, mais chez elle ça finit toujours comme ça.

L'Allemand continuait à chanter. Forstetner l'accompagnait en tapant du poing sur la caisse du piano.

— Écoute, dit Vos. Va la distraire un moment, invite-la à danser pendant que je me disperse.

— Mais, dit Andrassy, je croyais...

Du bout des doigts, Vos se tapota le menton, plusieurs fois, d'un geste agacé.

— Rien du tout. Je me tire, je me taille, je mets les bouts.

Docilement, Andrassy s'approcha de Marjorie, se pencha. Elle leva les yeux, ses gros yeux qui lui mangeaient la figure. Elle avait un parfum douceâtre, marécageux, que venait heureusement soutenir un relent de whisky.

— Voulez-vous... ?

L'Allemand et Forstetner hurlaient à tue-tête :

Ja, Ja, Susanna,
Was ist das Leben doch so schön.
Ja, Ja, Susanna...

— Voulez-vous... ?

Marjorie se redressa, regarda par-dessus l'épaule d'Andrassy.

— Stanny !

Elle avait crié si fort que tous s'arrêtèrent. Au milieu du silence, on entendit encore la mâchoire de l'Allemand qui se rabattait et, en haut du petit escalier, le rire innocent et perlé de Bessie.

— Stanny !

Et elle se mit à sangloter.

Au-dehors, une lune très pure épandait sa coulée dorée sur une mer très calme.

Car il y a aussi la mer. Capri est une île : alors il y a la mer. Et c'est même une île pas très grande : alors il y a la mer partout. Au bout de chaque ruelle, dans le coin de chaque fenêtre, derrière les agaves, au bas des terrasses, entre les vignes, au déboulé de la route, dans les feuillages, au-delà des potagers. La mer. Toujours. Au point que parfois on l'oublie. Les jours de grand soleil, il y a les bains, la plage. Les jours de tempête, il y a son vacarme et les petits chevaux blancs qu'elle envoie à l'assaut des rochers, crinière au vent, écume aux dents. Mais ces jours-là, ni tempête, ni grand soleil. Temps quelconque. Mer plate comme un drap de lit, sans une fronce, sans un murmure. Alors on l'oubliait.

Le lendemain, vers les dix heures et demie, Andrassy entr'ouvrit prudemment la porte de Forstetner. Tout était immobile. Sous sa moustiquaire, le lit-bateau d'acajou voguait encore sur une mer de songes. Trois minutes plus tard, Andrassy était sur la route. Et une image flottait devant lui : celle de la jeune fille au sourire, la jeune fille à la lettre, la jeune fille au lainage rouge. Andrassy était de bonne humeur. La soirée de la veille avait achevé de lui enlever les vagues scrupules qui lui restaient encore concernant l'incroyable condition de Forstetner. Pas de femmes ! Pas de femmes ! Dans une île comme celle-ci ! Où chacun ne faisait qu'à sa guise ! À d'autres ! Il en ricanait, Andrassy. Pas de femmes ! On allait bien voir. Aujourd'hui même, monsieur le Suisse. En chasse ! Capri n'est pas grand. En flânant un peu, il ne pouvait manquer de la retrouver. Et avant vingt-quatre heures...

Il arrivait à la place lorsque :

— Avocat !

Merde, c'était Rampollo-père. Andrassy essaya de l'esquiver.

— Avocat !

Andrassy avait laissé échapper qu'il était docteur en droit. Depuis, avec la rage des Italiens pour les titres, l'agent immobilier l'appelait avocat.

— Vous cherchez quelqu'un ?

Andrassy eut une seconde d'égarement. Le propre père ? Ç'aurait été si facile.

— Non, non...

Les naturels de l'île ont en général un hâle qui confine au rose ou au rouge brique. Le vent marin y a contribué au moins autant que le soleil. Mais Rampollo était napolitain. Dans la riche gamme de tons de son visage, le marron dominait, descendant par endroits jusqu'au jaune, montant jusqu'au tête-de-nègre dans le cou, s'égayant aux pommettes d'un doigt d'orange dû sans doute à un foie laborieux. Un nez de corsaire, des yeux de courtisane, veloutés, charbonneux. Et le geste abondant.

— Mon opinion personnelle...

La main sur la poitrine.

— Je vous la donne en toute sincérité...

La paume et la tête se redressaient en même temps comme deux ponts-levis. Je repousse tes présents, Artaxerxès.

— C'est que, dans toute l'île, il n'y a pas une villa, pas une...

L'index levé, tout seul, vibrant, comme s'il avait peine à contenir le concept d'unité dont il débordait.

— Pas une qui vaille celle de Madame Watson.

Andrassy continuait à regarder autour de lui, mais Rampollo épousait son mouvement et, où qu'il se tournât, Andrassy retrouvait devant lui le visage de pirate orangé, les yeux charbonneux, comme un chien fidèle mais importun, comme une femme folle d'amour à qui son amant se dérobe.

— Quel intérêt aurais-je à vous le dire ?

Passionnément, le visage tendu comme une assiette, Rampollo quêtait une réponse.

— *Chi me lo fa fare* ? Qui me le fait faire ?

Les doigts de la main droite, réunis en bouquet, battaient sous le menton comme un métronome en son point le plus bas.

— Qui ?

Ça devenait fatigant.

— J'en parlerai à Monsieur Forstetner, dit Andrassy gaîment. J'en parlerai.

D'un pas décidé, en homme qui sait où il va, il descendit ce qu'on pourrait appeler la rue de la Paix de l'île, une rue courte mais large, bordée de magasins. Il y avait du monde : des femmes en pantalons, un homme en chemise à fleurs, un cireur de souliers dont l'installation affectait la forme d'un avion posé à même le sol, une vieille dame qui calottait un petit garçon, à petites claques sèches, à quoi le petit garçon finissait par répondre en envoyant un coup de pied que la vieille dame prit avec dédain, mais qui lui avait fait mal, c'était visible. La marquise San Giovanni sortait d'un magasin, se retournait sur le seuil pour une ultime recommandation.

— Bonjour, Andrassy, vous avez l'air un peu...

— Moi, madame?

Mais pas de sourire, pas de regard. Personne. Andrassy tourna à gauche, prit la rue où, hier soir, l'Allemand imitait le cornet à pistons. À droite, un long triangle de mer. Mais personne. Sauf des tas de gens. Mais pas de sourire, pas de regard, pas de lainage rouge. Il rebroussa chemin, remonta vers la place. Personne. Sauf Rampollo qui se tenait à l'entrée de la place comme l'éclusier à l'entrée de son goulet.

Andrassy se frappa le front comme quelqu'un qui a oublié quelque chose, redescendit la rue. Un peu gêné (Pourquoi? Les badauds font cette rue dix fois par jour. Mais c'est le propre de l'amour d'inspirer de nouveaux scrupules, de nouvelles délicatesses), un peu gêné donc, il prit une ruelle à droite. Il comptait ainsi regagner la place, mais il se trouva pris dans un dédale de ruelles étroites, mal dallées, à cheminer entre des murs gris et secs d'où dépassaient parfois quelques fleurs ou un oranger (et une orange au milieu des feuilles foncées, pareille au visage de l'amour). Ou une maison, une entrée, une cour carrelée de vert vif ou de jaune citron. Mais personne. Vraiment personne, cette fois. Les ruelles tournaient, tournaient encore. C'était comme une étreinte silencieuse, comme un rêve où l'on meurt, comme quelque chose qui, lentement, se replie, se reclôt, se referme.

Andrassy sacrait. Une ruelle, une autre ruelle. En sortirait-il jamais? Il prit sous une voûte. Une odeur sure suintait des murs chaulés. Ce n'était plus l'Italie, c'était Alger, Tunis, la Casbah. Une grille de fer donnait sur une cour dallée, secrète comme un puits, fraîche comme la grenade à peine ouverte, avec des jarres d'où moussaient des plantes grasses et des feuilles d'un vert profond, d'un vert que le soleil ne devait jamais avoir touché, d'un vert comme on en trouve dans le cœur des bulbes, dans la saignée d'une racine. Et rien. Personne. Des coups de marteau, très loin.

Puis, brusquement, à gauche, le mur s'ouvrit et ce fut Capri à nouveau, comme une chambre dont on ouvre les volets, la mer, un bateau, le klaxon d'un taxi, une radio qui secouait sa salade et, sur une terrasse, un garçon en veste blanche qui disposait des tables.

Après cette échappée, la ruelle redevient voûtée et aboutit devant l'église. Du haut des marches, Andrassy inspecta encore la place d'un regard agile. Des gens en bleu, des gens en jaune, des gestes, des explications portant sur trois fois rien mais sincères, passionnées, une femme à trois rangs de perles sur une blouse de pêcheur, le sourd-muet avec son bonnet rouge, le vieux Tannenfurt et Visconti-Penenna qui se saluaient, l'un en claquant des talons, l'autre le buste raide, le visage glabre. Mais elle! Elle! Absente! Pas de sourire, pas de regard.

Andrassy traversa la place, prit la ruelle du fond, revint, toujours rapidement, seul à se hâter au milieu de cette foule à la démarche molle, pressé, anxieux, tout son souci serré sur son visage. Quelqu'un l'empoigna par le bras.

— Je croyais un cheval, un cerffe, une locomotive. Non, ce n'est que mon ami Andrassy.

Stanneke Vos émergeait des tables d'une des terrasses.

— Voilà deux fois que tu passes sans me voir.

Influence du milieu: cet enfant de la Frise faisait des gestes, levait l'index et le majeur.

— Et rif raf rouf, chaque fois comme un courant d'air. Tu cherches le bordel? Pas de bordel, mon vieuil. Tu prends quelque chose?

— Non, dit Andrassy. Je dois rentrer.

— Vise-moi ces bouteilles à lolo, dit Vos en suivant du regard une poitrine qui passait dans un blouson coq de roche.

— Au revoir, dit Andrassy.

Cependant, sur la place, continuaient à moutonner les dialectiques, fleurissaient le commentaire mou et le propos nul, battaient de l'aile des passions sans importance, se renfrognaient des vanités futiles, achevaient de se dissoudre des vies qui ne laisseraient pas sur la terre leur sillon, se vautrait sur la hanche d'une Danoise le regard d'un Romain, s'élaboraient des choses d'un intérêt incertain, s'affirmaient les *bah,* les *ma,* les *chè,* qui forment l'essentiel des conversations italiennes, se manigançaient des affaires généralement remises au lendemain. Une femme remorquait un petit garçon avec le geste exténué du haleur. Un individu à vêture de pâtre se servait de sa canne pour illustrer sa pensée. Voilà, sa canne devant lui, à droite ceci, à gauche autre chose. Ça n'avait pas l'air si simple. Son interlocuteur exprimait des dénégations. Le doyen sortait de l'église, le chapeau sur la nuque, sa canne contre la poitrine. D'autres avaient faim et salivaient. Un homme et une femme traversaient la place, l'un à côté de l'autre, bien raisonnables, comme un homme et une femme qui viennent de se rencontrer par hasard et qui font quelques pas ensemble.

— ... jours, dit l'homme.

— Comment?

— Trois jours. Je pourrai rester trois jours.

Elle n'était plus jeune, la femme, mais elle présentait cette consistance agréable, grasse, onctueuse, beurrée des grosses femmes brunes lorsqu'elles se fardent avec soin, avec ces fards épais et chaleureux qui font de leurs joues, de leurs paupières, de leur menton et, par analogie, de tout leur corps une matière crémeuse, farineuse qui éveille dans l'esprit l'image de quelque chose d'excessivement comestible, qui suscite l'appétit plus peut-être que le désir. Mais l'appétit... C'est exaltant aussi, l'appétit. Vu l'ampleur de ses hanches, elle avait le tact de porter la jupe et non les pantalons, mais c'était une jupe de velours et le velours, à Capri, revêt une sorte de valeur symbolique. Comme il ne se porte guère ailleurs, il indique qu'on a affaire à un habitué et non à un vulgaire touriste venu pour un jour ou deux. Vert clair, le velours. Et un lainage bleu sur une blouse pareille.

— Il n'a rien dit de te voir partir ?

L'homme haussa les épaules.

— C'est vrai qu'il n'ose jamais rien dire, reprit-elle.

Il était plus grand qu'elle. Chauve mais avec de larges traits assurés, de vastes étendues de joues. Il portait un complet bleu et une cravate de soie, bleue aussi, à lignes rouges. Un costume de ville enfin et qui jurait un peu avec le velours vert. Ce devait être un mari arrivé par le bateau de onze heures et demie.

À côté de la place, derrière le campanile, il y a une autre place qui domine tout le versant de la Grande Marine et le port. Au-delà des vignes, on voyait le gros bateau blanc, d'autres plus petits, le môle. Une barque à moteur quittait le port. On entendait son pom pom pom haletant.

— Hou... dit la femme, la mer n'était pas si bonne.

— Couci-couça, dit l'homme en balançant sa grosse main.

— Tu n'as pas été malade ?

— Non.

— Antonio a toujours le mal de mer, dit la femme avec accablement. Je ne sais pas comment il fait.

L'homme eut l'air agacé.

— Ne parle pas tout le temps d'Antonio.

Puis, plus gentiment :

— Je l'ai déjà toute la semaine devant moi. Et puis ce n'est pas très...

Devant eux étaient rangées une demi-douzaine de voitures à cheval et autant d'automobiles.

— Nous pourrions aller déjeuner à Anacapri, dit l'homme. Au lieu de rentrer bêtement à l'hôtel.

Avait-il parlé un peu haut ? Ou y a-t-il forcément sur le visage de quelqu'un qui décide d'aller à Anacapri une lueur particulière, un reflet ? La transmission de pensée existe-t-elle donc ? Ou s'agit-il ici d'un mystérieux phénomène animal, les chevaux ayant en général leur écurie à Anacapri et, avec leur admirable instinct, devinent-ils quelque chose chaque fois qu'il est question de leur village ? En tout cas, il y eut un remous dans la rangée de voitures et les exclamations engageantes fusèrent.

— Allons à Anacapri !

C'était un vieux à moustaches roulées, la voix invitante, l'air de dire : « Hein ? la bonne idée que j'ai là ! Dire que sans moi vous n'y auriez peut-être pas pensé et c'eût été une journée de gâchée... »

— Belle promenade ?

C'était un plus jeune, le fouet allègre.

— La Petite Marine ?...

Un visage de Turc, une moustache noire tombante.

— Cinq cents lires, reprenait le vieux à moustaches roulées.

Les chauffeurs, eux, ne disaient rien. Derrière leur volant, en pull-over garance ou bleu à col roulé, ils regardaient avec indifférence. La fameuse indifférence du technicien.

— Il vaut mieux prendre une auto, dit l'homme chauve. En voiture, ça nous prendra une demi-heure.

Il se dirigea vers un des pull-over garance. Le chœur des cochers s'enfla.

— Anacapri, combien? demanda l'homme chauve.

— Huit cents, dit le chauffeur.

— Jamais je n'ai payé plus de cinq cents.

Le chauffeur détourna lentement la tête comme une femme à qui on offre un prix qui ne vaut même pas la peine d'être discuté. Animé par le vieux cocher, un cheval vint pousser sa tête pensive entre l'homme et la femme. Celle-ci recula avec un petit cri, puis elle se reprit et eut un regard amical pour la bête. Ils avaient tous les deux, la femme et le cheval, les mêmes grands yeux, humides et doux.

— Alors? dit l'homme. Cinq cents, ça va?

— Six, dit le chauffeur.

— Bon.

La femme eut un sourire satisfait.

— Avec Antonio..., dit-elle.

Mais elle ne développa pas autrement sa pensée.

L'auto démarrait, bousculait un cageot d'aubergines qui dépassait d'un éventaire. Le marchand bondit et, les mains en avant, proféra quelques objurgations. Le chauffeur déjà ne pouvait plus les entendre, mais le marchand continuait sur sa lancée, assaillait de sa hargne discoureuse un badaud qui hocha la tête, compréhensivement. Sur leurs sièges, les cochers se parlaient avec animation, se prenaient à témoins, c'était toujours la même chose, les autos raflaient tous les clients et, eux, il ne leur restait qu'à crever de faim. Le vieux cocher se fâchait.

— Voleurs! Tous des voleurs! criait-il à l'adresse des chauffeurs.

Ceux-ci ne faisaient qu'en rire.

— Bravo, Flavio! cria un d'entre eux.

Et il se tourna vers ses collègues, visiblement assez fier de l'à-propos de sa réplique.

— Je ne sais pas, dit le garçon.

Et il eut un regard éperdu vers le patron qui arriva aussitôt, énorme dans son tablier blanc, la bouche ouverte, essoufflé pour avoir fait trois pas un peu rapidement.

— Non, mesdames, dit-il tout de suite. Non, vraiment.

Il avait une voix à son image : cuivrée, profonde, qui vibrait comme un gong.

— Il n'y a plus rien, oh! je regrette, je l'avais dit à ma femme cependant, de ne pas vous oublier, mais les femmes... il y a eu un coup de feu, je regrette, des clients, à l'improviste...

Le restaurant était à peu près vide pourtant. Il n'y avait que deux tables occupées, sur la terrasse.

— Plus rien, vraiment.

Et il n'était qu'une heure et demie. Une heure et demie, pour un restaurant italien, c'est midi à Paris.

— Bon, dit lady Noakes.

— Je regrette, dit le patron.

— Venez, dit lady Noakes à Bessie.

— Je prendrais bien des rougets, dit Bessie. Cuits dans le papier. C'est bon !

— Il n'y a pas de rougets, dit le patron avec empressement.

— Alors, je prendrai autre chose.

— Il n'y a rien, reprit le patron avec une sorte de désespoir. Il n'y a rien, lady Ambersford. Rien !

Et il jetait ses bras devant lui.

— Bon, dit lady Noakes.

Elle entraînait son amie. Le patron les regardait partir, la bouche toujours ouverte, l'air obtus.

— Mais, dit Bessie, il fait agréable sur la terrasse.

— Non, dit lady Noakes.

— Où allons-nous ?

— À la maison.

— Mais le déjeuner ?

— Nous ne déjeunerons pas aujourd'hui. Ce sera votre punition. Je vous ai dit cent fois de ne pas voler les couverts. Surtout dans les restaurants où nous allons tous les jours.

— Quels couverts ?

— Salope, dit lady Noakes.

Et elle sourit aimablement au prince Adolfini qui, languissamment, se traînait le long de la ruelle.

Il y eut le tintement léger de la sonnette et Andrassy sortit de chez la fleuriste. Il tenait un bouquet de glaïeuls. Une politesse de Forstetner, destinée à Mrs Watson.

— Vous irez les lui porter, c'est plus sûr ; je les connais, moi, les fleuristes ; ils vous font payer pour des fleurs magnifiques et puis ils envoient des plants de carottes. C'est comme ça qu'on se brouille avec les gens.

Méfiant, le vieux jaguar.

— Et revenez vite. J'ai des lettres à vous dicter.

Et c'est alors, son bouquet à la main, les calices saumon des glaïeuls émergeant du papier, c'est alors qu'il l'aperçut, elle, qu'il avait tant cherchée. C'était le long de l'allée qui conduit à Tragara. Elle était avec une amie, la tenant par le bras, un peu penchée, son lainage rouge posé sur ses épaules. Et elle aperçut Andrassy. Elle dit quelque chose à son amie qui leva les yeux avec un sourire paisible. Costaude, l'amie. Petite, mais râblée. Elles avançaient. Il avançait aussi. Elles le regardaient, souriantes toutes les deux, l'air d'attendre (et en même temps il restait dans leur sourire, dans leur regard, cette petite retraite rieuse des très jeunes filles — pour l'éventualité jamais perdue de vue où

71

on se moquerait d'elles). Elles approchaient. Elles n'étaient plus qu'à deux pas. Et brusquement, elle, elle cessa de sourire. Et il y avait quelque chose sur son visage, quelque chose qui, sans être de l'anxiété, n'en était cependant pas très loin. L'amie, elle, souriait encore mais le regard ailleurs, comme pour dire qu'elle s'effaçait, qu'elle n'existait plus, qu'il ne fallait pas faire attention à elle. Elles avançaient. Quelqu'un passa qui dit bonjour, Andrassy ne savait pas à qui, à lui peut-être, il n'avait pas vu. Elles avançaient encore, mais plus lentement.

Et Andrassy passa. Sans rien dire. Avec un pauvre petit sourire crispé. Avec un pauvre petit geste à peine esquissé, comme pour tendre ses fleurs, comme pour tendre son âme. Elle l'avait regardé curieusement. Ils s'étaient presque frôlés. Ses cheveux, comme une mousse légère.

Derrière lui, il les entendit rire. D'un rire léger. D'un rire de jeunes filles, probablement sans signification précise. Il se retourna.

— Si elles se retournent...

Elles ne se retournaient pas. Elle, un peu penchée, l'amie en gris-bleu.

Comme il arrivait chez Mrs Watson, elle l'interpella de la terrasse.

— Quelle bonne surprise ! Montez donc un moment.

Elle portait une blouse rouge, des pantalons noirs, une ceinture de soie bariolée. Andrassy, lui, se contentait de shorts vert olive, cadeau de Forstetner, et d'une chemise bleu tendre à manches roulées et de même provenance.

— Vous avez déjeuné chez Satriano?
— Oui.
— Stanny aussi?
— Oui, lui aussi.

Andrassy, un moment, eut envie de l'aider. Elle avait l'air si gauche, si maladroite. Sa grosse bouche amère, ses yeux indécis qui traînaient autour d'elle, inquiets, avec cette expression anxieuse. Anxieuse, elle aussi, et d'une anxiété qui soudain le touchait, Andrassy. Le petit visage brillant de la fille de Rampollo, le petit visage terne de Mrs Watson — et tous les deux posant leur question, tous les deux attendant leur réponse. Elle devait avoir mal dormi, Mrs Watson. Malgré ses sanglots — ou plutôt à cause d'eux, car ses invités avaient prétendu la consoler — on ne s'était quitté que vers quatre heures du matin. Son teint était encore plus brouillé que d'habitude et ses taches grises plus grises. Mais, sous ses grands yeux, il y avait comme deux gnons bleuâtres qui avaient leur douceur.

— Vous ne savez pas s'il comptait y rester toute l'après-midi?
— Non.

Andrassy était désolé. Vraiment, il ne savait pas.

— Oh! dit-elle plaintivement, les choses sont si difficiles. Et personne ne comprend.

— Moi, je comprends, dit Andrassy à tout hasard.

Ils étaient sur la terrasse, assis tous les deux. Pas

un bruit. Régnait le tiède, le profond, l'étrange silence des après-midi d'été dans le sud de l'Italie, qui fait penser à une fleur refermée sur de très lentes noces.

— C'est vrai, dit-elle. Je me fais des idées. Alors que...

On aurait dit qu'elle se réveillait. Elle eut un sourire assez enjoué.

— Vous n'êtes pas bien ainsi. Prenez ce coussin. Elle le lui tendait.

— Merci, mais vraiment...

— Voulez-vous visiter la maison?

— Oh! je la connais déjà.

Elle fronça les sourcils. L'expression amère revenait.

— Mais..., dit-elle.

Puis :

— C'est gentil d'être venu me voir.

D'un geste, qui avait l'air machinal, elle chassa quelque chose, une poussière ou quoi, qui se trouvait peut-être sur le genou nu d'Andrassy.

— Je devrais partir, dit-il en hésitant.

Elle était déjà debout devant lui, la main tendue.

— Si vous êtes pressé...

Elle avait l'air de le chasser maintenant. Quelle drôle de femme!

L'homme chauve s'appelait Ratazzi. La grosse femme crémeuse était Mme Palmiro. Ces deux noms sont souvent associés. On peut les lire notamment sur une plaque de cuivre à l'entrée d'un vieil immeuble de Naples, via dei Mille : RATAZZI ET PALMIRO, TRANSPORTS, DEUXIÈME ÉTAGE. Au rez-de-chaussée, dans la vitrine du chapelier, un panneau publicitaire est disposé. Ratazzi et Palmiro en grosses lettres rouges, et un train qui roule sur le sommet des lettres de Ratazzi, et un bateau qui cingle sur le mot Palmiro. Ce n'est pas mal. Ça attire le regard. C'est une bonne maison, du reste. Forstetner, qui a commandé à Rome un réfrigérateur, leur a déjà écrit pour savoir ce qu'ils prendraient pour en assurer le transport.

— Je puis vous les recommander, a dit Satriano. Ce sont eux qui se sont chargés du piano d'Yvonne San Giovanni. Ça n'a pas été une petite affaire.

On l'imagine sans peine. Mme San Giovanni habite une villa haut perchée où l'on n'arrive que par un sentier, ravissant d'ailleurs, charmant, tout ce qu'on veut, mais trop étroit pour n'importe quel moyen de transport. Il a fallu amener le piano à dos d'hommes, par petits morceaux.

— J'en frémissais, raconte parfois encore Mme San Giovanni. Du haut de ma terrasse, je surveillais l'opération. Vous n'imaginez pas. Un piano dans un sentier, dans les escaliers, au milieu de mes géraniums. Je vous assure qu'après ça on se sent peu de chose.

Ce jour-là, Ratazzi et Mme Palmiro avaient déjeuné à la Petite Marine, chez Vincenzo, sur la terrasse. C'était agréable. En dessous, sur les gros galets blancs, un pêcheur réparait ses filets. Un autre rafistolait quelque chose à sa barque. Des gens se baignaient. Pas beaucoup, parce qu'il ne faisait pas encore bien chaud. D'autres étaient étendus au soleil, sur les galets ou sur les planches, devant les cabines. Puis, ils ont pris une voiture. Ils sont rentrés à l'hôtel.

— Je vais faire une petite sieste, a dit Mme Palmiro.

— Moi aussi, a dit Ratazzi.

Vers cinq heures, ils sont sortis. À petits pas, sans se fatiguer, ils sont allés jusqu'à la colline du sémaphore.

— Tu veux monter jusqu'en haut?

— Je n'y pense pas.

Ils sont revenus à l'hôtel. Ratazzi a accompagné Mme Palmiro dans sa chambre. Elle a commencé à se déshabiller. Un moment, elle a regardé avec inquiétude le gras de sa cuisse, à l'intérieur. Puis, toujours en se tenant la cuisse, elle a avancé vers Ratazzi.

— Qu'est-ce que c'est, crois-tu?

Ratazzi s'est penché.

— Bah! un moustique, a-t-il dit.

Puis, galamment:

— Je le comprends, ce moustique. C'est un joli endroit. On y passerait volontiers ses vacances.

Mme Palmiro n'a souri que tout juste. Elle est sicilienne et les Siciliens n'aiment pas le propos leste. C'est peut-être pour ça. Là-dessus, Ratazzi, lui aussi, a commencé à se déshabiller.

En bas, dans le hall, penché sur son employé, le directeur de l'hôtel vérifiait des comptes. Il avait une tête comme un derrière, exactement, avec cette même expression bonasse, ces mêmes joues importantes mais blêmes. Un monsieur arrivait, petit, maigre, le buste long, les jambes courtes. Le directeur s'avançait :

— Oh ! quelle bonne surprise !

Puis, en parlant très vite :

— Madame Palmiro vient de sortir. À la seconde. Vous pouvez la rattraper.

— J'irai l'attendre en haut, dit le monsieur maigre.

— Mais...

L'homme, habilement, dépassait le directeur.

— ... me laver les mains.

Il en faisait le simulacre.

— Je redescends tout de suite.

Il était déjà dans l'escalier. Le directeur se tourna vers son employé, lui dédia deux épaules résignées, deux mains ouvertes qui témoignaient de son impuissance, de son regret et aussi, enfin, de ce que, après tout, il s'en foutait.

— Bo, dit-il.

L'homme arrivait à la porte de Mme Palmiro. Il frappa. Vivement.

— Qui est là ?

— C'est moi.

C'était l'évidence même. La phrase suscita cependant un lourd silence. Et on entendit de loin, de très loin, le pom pom pom d'une barque à moteur. Comme le battement d'un cœur.

— Ouvre, dit l'homme. Ouvre immédiatement !

— Un instant, Antoine, dit la voix de Mme Palmiro.

Une porte, une petite porte de rien du tout, de bois mince, peinte en vert clair, avec sa plaque d'émail qui portait le numéro 17. Dans le fond du couloir, au débouché de l'escalier, le directeur passait prudemment la tête.

— Ouvre, dit l'homme. Je sais que tu n'es pas seule.

Il secoua la poignée. La porte s'ouvrit. Elle n'était même pas fermée à clef. Antoine en fut si étonné qu'il manqua s'exclamer. Il regardait la poignée. Mme Palmiro était debout. Elle avait passé un peignoir bleu tourterelle. Puis il y avait la courtepointe jaune qui traînait à terre et Ratazzi dans le lit, tenant le drap de ses deux mains, sous le menton, bien tiré. Palmiro sortit la main de sa poche. Il tenait un revolver. Sa femme eut une aspiration.

— Antoine...

Il la regarda.

— Mais c'est ridicule, dit-elle.

Elle jeta un coup d'œil vers Ratazzi, comme pour s'assurer qu'elle ne rêvait pas. Mais, de dessous son drap, la bouche bizarrement tordue, Ratazzi ne regardait que le revolver. Ce stupide petit objet qui, par sa seule présence, transforme une conversation ; qui attire à lui toutes les parcelles dansantes de la vie, de l'attention. Il y a un revolver. Plus rien n'est pareil.

— Je le tuerai, dit Palmiro.

Non, il n'a pas dit : je le tuerai. Il a dit : *lo ammazzero*. Ce n'est pas la même chose. La traduction ne suffit pas. Le mot tuer a quelque chose de froid, de refroidi plutôt, c'est le cas de le dire. Cela tient à son u sans doute, cet u qui apporte là sa glu, sa saveur cauteleuse, vipérine, qui évoque la perfide douceur du poignard, la morsure brève du browning. *Ammazzero* est différent. Il n'a pas d'u, d'abord. Il évoque non la mort, mais l'anéantissement, le brouhaha, la violence, les poings qui s'abattent, un amas de chairs contuses gisant dans un coin. *Lo ammazzero.* Il faudrait dire plutôt : je le massacrerai. Ce petit homme frêle, rabougri.

Il avait encore avancé vers le lit. Cette chambre si claire, les rideaux jaunes, le soleil en équerre sur le carreau rose, la femme en bleu tourterelle, la tête de Ratazzi sur la blancheur de l'oreiller, tout cela tourné, orienté vers ce petit homme noir, dérisoire, son chapeau dans une main, son revolver dans l'autre, le regard atone derrière les lunettes chétives. Et il avançait. On eût dit que toute la chambre bougeait avec lui. Tout le poids de la chambre. Comme un homme qui avance sur une planche en équilibre instable. Il avance. La planche, lentement, bascule. Et le paysage.

— Antoine ! dit la femme.

Elle avait eu un élan de tout son gros corps. Un regard de son mari la figea sur place.

— Mon Dieu ! dit-elle encore.

On se dit : ma femme ! un amant ! je le tuerai. Et on imagine un jardin d'hiver où, sous un palmier, un baiser adultère se perpètre. Ou deux corps mêlés, luttant, haletant, en proie à une fièvre, à une fureur, à une violence telles que, tout naturellement, elles gagnent le mari outragé. Et puis, c'est une chambre ensoleillée avec un homme couché, qui tire son drap et qui vous regarde. Qui ne dit rien, qui attend. Où est l'adultère ? Il n'y a qu'un malade dans son lit. Un mari ? Un revolver ? Ou un médecin qui déplie son stéthoscope ?

— Lève-toi, dit Palmiro.

— Mais...

— Lève-toi.

C'est difficile à vivre, un drame. On imagine, on imagine. Et puis... Un autre, peut-être, aurait pu crier, hurler, s'emplir de son drame jusqu'au bout des ongles et le coup de revolver serait, dans ce remue-ménage, parti tout seul. Mais Palmiro n'aime pas crier. Il n'a jamais su crier. Au plus vif de ses colères, il reste toujours en lui quelqu'un qui regarde. Qui regarde Ratazzi sortant ses grosses jambes, lentement, précautionneusement puis, brusquement, d'un élan, debout contre le mur, une vue du Vésuve derrière son épaule. Nu. Et il faudrait encore le tuer, provoquer tout ce branle-bas. Et nu. Peut-on tuer un homme nu ? Tout cela a l'air si désarmé, si nul. Un homme nu, quand on n'en a pas l'habitude, c'est déjà quelque chose d'un peu moins vivant. Ça existe, mais à peine.

Ratazzi ne disait rien. Il regardait Palmiro, essayait de rencontrer son regard, Mais Palmiro, lui, regardait tout ce corps étalé devant lui, cette poitrine large et velue, ce nombril, ce ventre si exposé, si fragile malgré sa rondeur. Ce n'est rien, un ventre. Un coup de poing là-dedans et on ne trouve que du mou. Et le sexe. Le sexe de Ratazzi. Depuis vingt ans qu'ils étaient associés, Palmiro n'avait jamais vu le sexe de Ratazzi. Puis l'inanité de cette réflexion l'emplit de dégoût. Qu'était-il donc pour penser à des choses aussi stupides? Comment font les autres?

— Antoine, voyons, dit enfin Ratazzi.

En bégayant, en claquant des dents. Palmiro leva les yeux. Enfin, il éprouvait une sensation forte, une sensation neuve. Ratazzi tremblait. Ratazzi avait peur. Il avait peur de Palmiro. Le grand et gros Ratazzi, l'associé tyrannique, autoritaire, désinvolte. Qui s'absentait des trois jours durant sans même prendre la peine de donner un prétexte. Qui lui laissait les corvées les plus ennuyeuses.

— Antoine, tu iras au port pour le...

— Mais...

— Ne discute donc pas toujours comme ça.

Devant les employés.

Qui avait voulu que la firme s'appelât Ratazzi et Palmiro. Ratazzi devant. Alors que la coutume...

— Tu ne crois pas que l'ordre alphabétique...

— Je me fous de l'ordre alphabétique.

Devant Mme Palmiro. Ce n'était même pas très galant. Étant donné que... Et maintenant il tremblait. Le petit Palmiro. Et le gros Ratazzi. Mon associé, disait-il devant les gens, en pesant de sa grosse main sur l'épaule de Palmiro. Ratazzi et Palmiro. Et l'ordre alphabétique?

— Va-t'en, dit brusquement Palmiro.

— Antoine, promets-moi que...

— Va-t'en.

À son tour de lui couper la parole.

— Je t'ordonne de t'en aller.

La voix agacée, une saccade du revolver.

— Et vite !

Ratazzi eut un geste des deux mains le long du corps pour désigner sa nudité. Palmiro haussa les épaules. Dans tous les triomphes, il y a de ces obstacles dérisoires.

— Mon... dit péniblement Ratazzi.

— Là, sur la commode.

Était-ce une idée ? La voix de Mme Palmiro semblait avoir eu une inflexion singulièrement dédaigneuse. À son insu peut-être. Dans son coin, près du mur, Ratazzi lança un coup d'œil à Palmiro, comme pour lui demander la permission d'aller jusqu'à la commode. Du menton, Palmiro consentit.

Appétit plus vif, menu moins abondant ou conversation languissante, le dîner, ce soir-là, fut expédié plus rapidement que de coutume. Dès dix heures moins le quart, les Satriano avaient passé dans le salon où trois tasses de camomille les attendaient. Andrassy ne prenait pas de camomille.

— Vous n'aimez pas, non ? demandait Mme Satriano d'une voix caressante.

— Il est tôt, je vois, dit Andrassy, s'adressant apparemment aux meubles.

Puis, attaquant plus directement Forstetner :

— Si vous n'avez pas besoin de moi, j'irais bien au cinéma.

Mû par on ne sait quel pressentiment, il espérait l'y rencontrer, elle, son sourire, son lainage, celle qui en lui n'avait pas de nom car il l'aimait trop déjà pour l'appeler : la fille de Rampollo. Il l'aimait : elle n'était plus la fille de personne.

— Au cinéma? dit la comtesse avec stupeur.

Quoi? Cette idée n'en valait-elle pas une autre?

— Je ne veux pas t'empêcher de t'amuser, commença Forstetner.

Comme chaque fois qu'il lui parlait en public, il avait pris un ton câlin, doucereux. Par-dessus le marché, depuis un peu avant le dîner, il le tutoyait.

— Et appelle-moi Douglas. C'est bête de m'appeler monsieur. Ça fait rire.

Pourquoi?

— À Capri...

— Je ne veux pas t'empêcher de t'amuser, mais l'idée me paraît pour le moins étrange.

Les petits yeux gris recelaient les plus infamants soupçons.

— Étrange? Je crois bien! s'exclamait la comtesse.

Elle s'était levée, empoignait Andrassy au-dessus du coude, l'entraînait devant une des grandes fenêtres.

— Regardez ça.

La lune s'était levée, elle aussi, et sa lumière pâle se roulait sur la mer, y allumait une longue coulée de mica doré.

— Et vous iriez au cinéma! Pour voir quoi?

Espérez-vous y trouver mieux que ce clair de lune ? S'enfermer dans une salle enfumée !

Elle en frissonnait.

— Ailleurs, je ne dis pas. Mais ici ? C'est un crime. A-t-on le droit de dérober une seule minute à tant de beauté ?

Le « eau » de beauté un peu court, malheureusement. Boté. Ça enlevait quelque chose à la phrase.

— Devant de tels spectacles, on a des devoirs particuliers.

— C'est vrai, dit Jicky de sa voix égale et de derrière son journal qu'il tenait largement déployé devant lui.

Mme Satriano soupira encore. Puis, péremptoire :

— Ici, personne ne va au cinéma.

Il existe deux salles, cependant. Si elles fonctionnent, c'est qu'elles trouvent des clients.

— Vous avez raison, madame, dit Andrassy, en cachant son amertume sous un accent d'effusion.

— Cher garçon ! dit-elle.

Elle se rassit dans son grand fauteuil bleu, chaussa ses lunettes de notaire, prit un journal.

— Tiens, dit-elle. La Turquie à un tournant. Pourquoi ? Jicky, pourquoi la Turquie est-elle à un tournant ?

— Lis l'article, dit Satriano, agacé.

Elle eut un rire de jeune fille ; comme si on lui avait proposé quelque chose de malhonnête.

— Oh ! non, dit-elle. Les articles...

Et elle prit son tricot. Elle tricotait beaucoup. Pour les pauvres. Des brassières, des gilets de laine.

— Une partie d'échecs, Douglas? proposa Satriano.

— Volontiers.

Il s'appelait Ernest, cependant, Forstetner. Pourquoi se faire appeler Douglas? Il y a des gens, il est vrai, qui n'aiment pas Ernest.

Ils s'attablèrent. On n'entendit plus que le glissement léger des pièces. Ou Satriano qui disait :

— Holà, messire!

Ou encore ·

— Jarniguienne, monsieur du Douglas.

Ou un soupir de Mme Satriano.

Ou Andrassy qui repliait son journal.

— S'il vous plaît, que veut dire : braccianti?

— Ouvriers agricoles, répondait Satriano.

— Quoi? commentait agréablement la comtesse. Après plus de quatre mois d'Italie, vous ignorez encore un mot si courant?

Andrassy lui dédia un regard amer. Quatre mois d'Italie? Non, madame, quatre mois de camp en Italie. Ce n'est pas pareil. On ne parlait pas italien, dans mon camp, madame. On parlait hongrois ou russe, ou yiddish, ou petit-nègre. Mais pas italien. Pourquoi aurait-on parlé italien? Le camp n'était pas pour les Italiens, madame. Méchamment, dans le seul but de détruire la paisible tiédeur de la soirée, l'air de penser à autre chose, Andrassy articula :

— Je me souviens d'un garçon, dans mon camp, à qui on avait arraché les ongles...

— Oh! dit la comtesse, sans cesser de tricoter. Il a dû avoir mal, le pauvre garçon. J'imagine facilement. Cet hiver, j'ai eu un ongle incarné.

— Vous ne devriez pas raconter des histoires comme ça devant ma femme, dit Satriano de cette voix plate où cheminait cependant, presque imperceptible, un frisson de gaîté. Elle prend ces choses-là tellement à cœur.

Personne, il va sans dire, n'avait plus levé les yeux vers la lune.

— Je vous rappelle, dit Mme Satriano, qu'il y a un thé demain chez Yvonne. Nous sommes tous invités.

— Je suis confus de vous importuner avec ça, comtesse, dit Andrassy, mais comment s'habille-t-on?

— Cher garçon! Cher garçon des villes! Mais à Capri on s'habille comme on veut. Allez-y en maillot de bain.

— Mon costume bleu?

— Non, ce serait déplacé. Allez-y comme vous êtes ce soir. Vous connaissez la belle-mère d'Yvonne, la vieille princesse? N'oubliez pas de vous faire présenter. Elle est susceptible.

— Je l'aime beaucoup, la vieille princesse, dit Forstetner d'un ton bonasse et comme s'il avouait un goût un peu vulgaire.

— Vous la connaissez bien, je crois, commenta Satriano de sa voix la plus innocente.

Forstetner se pencha davantage sur son jeu.

— Oh! Oh! Le coup est délicat.

— Vous la connaissez bien?

Satriano insistait.

— À vrai dire, non, à peine, avoua Forstetner. Mais elle est charmante, vous ne trouvez pas?

— Fascinante, dit Satriano de sa voix plate.

Mrs Watson prit le cahier crasseux, à couverture de toile cirée noire, que lui tendait la cuisinière, et en entreprit la lecture. Les pages en étaient souillées, mal tenues et couvertes de chiffres qui s'en allaient dans toutes les directions pour aboutir — on se demandait comment — à un total deux fois souligné.

— C'est cher, dit Marjorie. C'est trop cher. La marquise San Giovanni m'a dit...

Le visage souffreteux de la cuisinière prit une expression haineuse.

— Chez la marquise San Giovanni, on meurt de faim! proféra-t-elle avec force.

— J'ai eu un très bon dîner chez elle.

La cuisinière eut un sourire désabusé, l'air de dire : innocente!

— *Cipolle*, annonça Mrs Watson, en déchiffrant un des mots du cahier. Quatre cents lires... Qu'est-ce que c'est : *cipolle*?

Des deux mains, la cuisinière fit le simulacre d'éplucher quelque chose puis, d'un air sensible, elle s'essuya les yeux.

— Pommes de terre? demanda Marjorie.

La cuisinière balança l'index devant elle, traça

dans l'espace de tout petits ronds, s'essuya encore les yeux.

— Oignons?

C'était à la cuisinière à ne pas comprendre. Marjorie, à son tour, dut éplucher, renifler, s'essuyer les yeux. Enfin, on finit par s'entendre mais Marjorie, épuisée, renonça à vérifier plus avant. Le compte réglé, la cuisinière sortie, elle prit un tabouret, ouvrit une armoire, monta sur le tabouret. Sur la planche supérieure de l'armoire, au-dessus des robes, il y avait un carton à chapeau, et dans ce carton un chapeau à bouquet pervenche et rose, et sous le chapeau une enveloppe. Dans l'enveloppe, il y avait un papier, un seul, un chèque, vert pâle. Toujours sur son tabouret, Mrs Watson le regardait, le chèque. Puis elle leva les yeux, marmonna quelque chose.

— Quinze jours, dit-elle enfin d'une voix plus perceptible. Je ne pourrai plus tenir que quinze jours.

Puis, plus haut, avec stupeur :

— Quinze jours?

Une seule lampe était allumée et elle ne donnait qu'une lumière assez mauvaise, blafarde, qui rendait le visage de Mrs Watson plus blême encore que d'habitude, avec le trait large de la bouche, l'éclat noir de ses gros yeux.

Elle descendit de son tabouret et, rapidement, fébrilement, elle se mit à manœuvrer le téléphone. C'était encore le système primitif : une manivelle qu'on tourne, une voix qui répond, de femme dans la journée, d'homme après dix heures du soir.

— *Pronto,* je suis bien chez la comtesse Satriano ? Non, non, ne la dérangez pas, je voulais simplement parler à Monsieur Vos... Monsieur Vos, oui, s'il est là... Ah ! il n'est pas là... non, non, merci...

— *Pronto,* je suis bien chez la marquise San Giovanni ?... Non, non, c'est inutile, voulez-vous simplement appeler Monsieur Vos... Il n'est pas... oh ! vraiment... non, non.

— *Pronto...*

La voix s'étranglait.

— *Pronto,* voulez-vous voir au bar si Monsieur Vos...

— *Pronto,* je m'excuse de...

— Plus que quinze jours, quinze jours, quinze jours.

Les Palmiro avaient dîné à l'hôtel.

— Je ne tiens pas à tomber encore sur Ratazzi, avait dit Palmiro de son nouveau ton, sec, impérieux.

— Il aura le tact de dîner ailleurs, avait rétorqué sa femme. Il a toujours eu du tact, il faut lui laisser ce qu'il a.

Le lendemain, vers dix heures, Ratazzi vint frapper à leur porte. C'était curieux, on eût dit que, depuis la veille, il avait diminué. Il portait un complet marron, très discret, une cravate terne. Tandis que Palmiro précisément se faisait la barbe et ça l'ennoblissait, toute cette mousse autour du menton. Ça lui donnait une contenance. Ratazzi, lui, ne savait comment se tenir.

— Je ne sais pas ce que tu as décidé, commença-t-il d'une voix appliquée.

Et, plus vite, la tête un peu en arrière, la main timidement levée :

— Bien entendu, tout ce que tu décideras sera parfait.

Insinuant, la voix raisonnable :

— Mais le monde est petit. J'ai eu l'occasion de croiser quelques clients.

Sa mousse au menton, Palmiro le regardait. Mme Palmiro se penchait à la fenêtre, ses hanches considérables dans sa jupe de velours vert.

— On connaît notre amitié. Hier encore, je prenais mes repas à la table de ta femme.

Il hésitait.

— Tu comprends, c'était tout naturel.

— Trop naturel.

— Alors, si on nous voit, tu comprends, allant chacun de notre côté, ne nous parlant pas, ça peut faire croire... Et nuire à nos affaires... Pendant plusieurs jours surtout... À la longue. C'est petit, le monde. Et tu sais...

— J'y ai pensé, dit Palmiro. Entrez !

Un garçon entra, remit un paquet de cigarettes. Des américaines. Avant, Palmiro ne fumait que des nationales, qui sont moins chères.

— Merci.

Le garçon jeta un coup d'œil curieux sur les deux hommes. Sortit.

— J'y ai pensé, reprit Palmiro. Aujourd'hui, tu déjeuneras où tu veux, sauf au Gatto Bianco.

C'est un restaurant, le Gatto Bianco, dans une petite rue.

— Sauf au Gatto Bianco. Certainement.

Dans son zèle, Ratazzi prenait la voix du comptable de la firme.

— Nous, nous déjeunerons au Gatto Bianco, dit Palmiro. Et puis la question ne se posera plus. Tu prendras le bateau de cinq heures.

— Le bateau de cinq heures, mais oui.

Puis il se reprit.

— Le bateau de cinq heures ? Mais il était convenu...

— J'ai changé d'avis.

— Tu devais t'occuper de...

— Tu t'en occuperas à ma place.

Et, nonchalamment :

— J'ai besoin de quelques jours de repos. Je reste ici. Avec Paola. J'ai besoin de réfléchir aussi.

Là-dessus s'établit un court silence.

— Je comprends, dit enfin Ratazzi.

Il se passa un doigt entre le cou et la cravate.

— Mais je suis invité cette après-midi chez la marquise San Giovanni.

Un moment, ce fut encore l'ancien Ratazzi, assuré, du talc aux joues. Qui disait à la téléphoniste : « Quand c'est une comtesse, passez-la-moi. Monsieur Palmiro ne sait pas y faire. » Devant les employés.

— Je l'ai rencontrée. Elle m'a invité.

Yvonne San Giovanni s'occupait du comité local

de l'œuvre de Saint-Vincent-de-Paul. Trésorière, ce qui convenait à son tempérament. Mais ses initiatives, parfois, faisaient frémir. «Eh bien quoi! disait-elle. Il faut voir les choses comme elles sont, mes petites, et prendre l'argent où il est. Et l'argent, ce n'est plus chez nous qu'il se trouve. Hein? Hier, je rencontre mon déménageur. Platazzi, Ratizzo, je ne sais plus comment. Je lui dis : «Eh bien, vous m'avez assez volé avec mon piano, vous ne pourriez pas me faire une ristourne pour mes pauvres?» Et voilà le chèque. Dix mille. Dix mille, mes poulettes. Alors, je l'ai invité à mon thé. D'ailleurs, il est très bien. C'est une grosse boîte, son affaire, non? Et à Capri, hein, ça ne m'engage à rien.» Mme Satriano n'en avait pas fini de roucouler. «Cette Yvonne, vous connaissez sa dernière?» Dans sa version, Ratazzi devenait une sorte de portefaix.

— Elle peut nous amener la clientèle de toute l'île, poursuivait Ratazzi.

— C'est vrai, dit Palmiro. Eh bien, j'irai à ta place.

Mme Palmiro quitta sa fenêtre.

— Mais c'est moi qu'elle a invité, dit Ratazzi.

— Ce sera la même chose. Palmiro et Ratazzi, Ratazzi et Palmiro, tu crois qu'elle verra la différence? Et ça me permettra d'emmener Paola. Ça t'amuserait, Paola?

Mme Palmiro avait l'air parfaitement satisfaite.

— Elle ne te recevra pas, dit Ratazzi à bout de forces.

— Non?

Palmiro, sous sa mousse, souriait avec dédain.

— Tu ne connais rien au monde, mon pauvre vieux.

Ça, alors !

C'est ce jour-là aussi que, brusquement, comme un pétard, éclata la chaleur. Ce n'était pas que jusqu'alors il eût fait froid, non, pas du tout. Dès dix heures, Forstetner pouvait fort bien s'installer dans le jardin ou sur la terrasse. Mais ce n'avait encore été qu'une chaleur incertaine, précaire, toute en surface, qui ne touchait pas ce qu'on appelle si justement « le fond de l'air », chaude oui, mais comme l'eau chaude des hôtels mesquins, qui a l'air chaude et qui refroidit tout de suite, une chaleur inquiète, traversée de coulis, de minces langues d'air frais. Et le soir, des bourrasques brutales retroussaient le feuillage du grand eucalyptus comme un farceur de Maupassant fourrageant des jupes, un dimanche, à Nogent. Satriano en était même vexé. Des amis de Forstetner lui disant que, vers quatre heures, ils avaient fait la longue promenade du palais de Tibère, il s'indignait.

— À quatre heures ! Absurde ! Il y avait de quoi se tuer. En cette saison, à quatre heures, on fait la sieste.

Mais, honteusement, il allait dans sa chambre passer un pull-over.

Tandis que maintenant c'était la vraie chaleur, profonde, épaisse, matelassée jusqu'aux bords, chaque instant apportant son surcroît de chaleur et se nourrissant encore de la chaleur de l'instant précédent. Le beau Cetrilli téléphonait à Laura Missi :

— Alors, grande frileuse, vous vous décidez? Nous descendons à la plage?

— Oui.

— Je vous retrouve sur la place à onze heures?

Cetrilli était ravi. Il allait enfin pouvoir faire jouer ce qu'il appelait ses grandes orgues : son torse triangulaire et parfait, son crawl aisé et longuement étudié, le hennissement humide et voluptueux qu'il hissait au-dessus de l'onde, ses fesses étroites et dures parfaitement prises dans un slip bleu acier, qui en prenaient elles-mêmes un air d'acier, une consistance d'acier. Ça donnait envie d'y toucher. Un jour même, une femme l'avait fait. Sur la plage, devant tout le monde. Ce souvenir constituait une des gloires de Cetrilli et il le rappelait volontiers. Hélas! cette impulsive était déjà mariée. Elle avait bien offert de divorcer, mais Cetrilli ayant eu la faiblesse de lui donner quelques arrhes sur leur futur bonheur conjugal, elle était un jour repartie à tire-d'aile pour son Milan natal, sans plus du tout s'occuper de lui. C'était depuis que Cetrilli ne couchait plus. Pas si bête! Les femmes sont peu scrupuleuses. Elles abusent d'un homme, s'en donnent tout leur content et puis, quand vous parlez mariage, plus personne. Non, non. Cetrilli maintenant se refusait.

— Pas si bête! reprit-il à haute voix en faisant sa gymnastique respiratoire.

Ce système présentait son inconvénient : pour faire valoir ses grandes orgues, ses fesses et son torse, Cetrilli, à défaut d'autre intimité, devait attendre la saison des bains. C'était tout de même encore plus sûr. D'autant plus qu'il avait, pour l'hiver, trouvé un expédient : un numéro de danse hindoue, laborieusement appris d'un professionnel de cette nation et qu'il exécutait, demi-nu, dans les cocktail-parties, sans trop se faire prier. Par-dessus le marché, ça lui donnait à peu de frais une réputation d'artiste, d'homme qui comprend. Satriano avait même, depuis, consenti à parfois l'inviter.

— Soixante lires, dit le marchand de journaux.
Andrassy tendit les coupures crasseuses, leva les yeux. Et il l'aperçut. Elle passait. Elle montait les marches devant l'église. Elle entrait dans l'église. Andrassy hésita une seconde, puis, le cœur battant, l'impression que la place entière le regardait, il gravit les marches à son tour, entra. Elle était là. Il la vit tout de suite, car l'église est assez petite et toute claire. Il la vit qui faisait une génuflexion, qui s'asseyait sur un banc. L'église était vide. Il y avait bien un grignotement léger, le crissement d'un chapelet peut-être, dit par quelqu'un derrière un pilier. Mais Andrassy n'y fit même pas attention. Il avançait lentement. Ils étaient seuls, plus seuls que dans un jardin, plus seuls que dans une chambre, seuls dans le silence, dans le grand silence blanc

de l'église. Un rideau cramoisi pendait au-dessus du maître-autel, avec des coques, des coquilles, des drapés, des glands d'or. De part et d'autre du tabernacle, un arrangement de satin blanc imitait des colonnes et un bouillonné, les chapiteaux. Andrassy fit encore deux pas. Elle se retourna. Elle n'avait même pas l'air étonnée. Elle souriait. Andrassy avança encore, s'assit à côté d'elle. Elle ne souriait plus. Elle regardait droit devant elle, ses mains sur ses genoux, ses mains brunes, longues, assez fortes.

— Je vous ai tant cherchée, dit Andrassy doucement.

Il avança la main, la posa sur les siennes, ses deux mains réunies, en rond, comme un nid. Sa main sur les siennes. Et il y eut la vie et la mort et une vague qui le submergea. Il tremblait. Elle souleva légèrement les mains, comme pour éloigner la sienne.

— Pourquoi?
— Il ne faut pas.

Mais, doucement, sans insister, le regard devant elle. Un bedeau, tout petit, entra par le fond, déposa quelque chose sur l'autel, sortit sans avoir jeté un coup d'œil sur l'église.

— Comment vous appelez-vous?

Toujours à voix basse.

— Sandra.

Ils étaient assis, un peu à l'étroit dans leur banc, les pieds sur la planchette inférieure. Et son bras nu, parfois, effleurait celui d'Andrassy.

— Et vous?

— Andrassy.

Elle le regarda enfin. Ses yeux si brillants, ses pommettes si rondes, ses fossettes qui menaient au menton si fin.

— Celui-là, je le connais, dit-elle. Mais l'autre ?
— Bela.
— Bela, dit-elle.

L'église est toute blanche, mais très ornée, encombrée comme un salon, le chœur surtout, avec ses tapis, son grand autel, ses dorures, ses entrelacs, ses marbres rose et pistache, ses chandeliers à taille d'homme. À l'entrée du chœur veille une statue de la sainte Vierge, une sainte Vierge à visage de poupée au-dessus d'une vraie robe, empesée, qui tombe en triangles raides. À droite et à gauche, deux chapelles et, tout le long de la nef, de profil, d'autres chapelles, plus petites, obscures comme des grottes, encombrées, des ex-voto suspendus aux murs, une béquille, un cœur d'argent, des fleurs artificielles.

— Il faut que je vous voie, dit Andrassy.

Sandra sourit mystérieusement, droit devant elle.

— Que je vous voie seule...

Il serait bien resté des heures dans ce silence tranquille et chargé, mais il imaginait déjà Forstetner arpentant furieusement la terrasse ou quelqu'un entrant dans leur dos.

— Vous connaissez l'Occhio Marino ?
— Oui.
— Après la villa Albertini ?
— Oui.

— Vous continuez, et puis il y a un petit bois.

Elle ne répondait plus, approuvait de la tête.

— Cette après-midi, à trois heures et demie ?

— Pour moi, ce sera difficile, dit-elle. Peut-être, mais je ne suis pas sûre. À sept heures, ce serait mieux.

Andrassy eut un moment d'angoisse.

— Non, dit-il. À sept heures, c'est moi qui ne pourrai pas.

— Alors, demain ?

— Non, non ! dit Andrassy avec désespoir.

(Et ce serait toujours pareil. Avec Forstetner, ses soupçons, ses caprices, ses sautes d'humeur, tous ces rendez-vous seraient précaires, aléatoires.)

— À trois heures et demie, reprit-il. Essayez. Et si vous ne pouvez pas, ou moi, ce sera demain à la même heure. Vous viendrez ?

— Oui, dit-elle.

Andrassy s'appuya contre le dossier de son banc. Il se sentait épuisé. Devant lui, sous des draperies jaunes et blanches, était dressé le fauteuil de l'évêque, une haute cathèdre droite, redoutablement vide.

— Je m'en vais, dit Sandra.

À voix basse, ses grands yeux noirs tournés vers lui.

— Oui...

Elle battit des cils.

— Au revoir.

S'attendait-elle à ce qu'il l'accompagnât ? Elle hésita une seconde. Se leva. Un moment encore — et sa main comme un envol d'oiseau, pour le signe de croix. Elle s'éloignait. Son pas léger sur les dalles. Andrassy se leva à son tour, vit alors la vieille femme qui priait derrière son pilier ou qui peut-être ne priait pas et qui le regardait, un châle noir sur la tête, un menton large comme un sabot.

Il ne faut pas voir ça avec nos yeux. Les églises italiennes ne sont pas nos cathédrales. Point d'amour sans respect, c'est vrai, ni de respect sans amour. Mais, suivant que l'un ou l'autre domine, tout peut prendre un air différent. Dans nos églises, souvent, le respect l'emporte. Aux dépens peut-être de l'amour. Un Dieu sévère veille au fond de nos temples, nos statues ne sont point rieuses, malheur à qui souille nos parvis d'une pensée profane. Il y a les vitraux aussi. Dans la pénombre solennelle qu'ils font régner, que pèsent encore nos médiocres soucis ? Le salut de notre âme seul importe et ce passage redoutable qui ouvre sur la mort. Une angoisse nous prend. Sommes-nous prêts à affronter ce dernier baccalauréat ? Sommes-nous dignes de cette mince poussière d'espoir que laissent filtrer les vitraux ? Les églises italiennes — dans le Sud particulièrement — sont plus claires. Elles évoquent non les scrupules d'avant la mort, mais déjà, roses ou bleu lessive, la gaîté du Paradis. Elles incitent davantage à la confiance qu'au recueillement. Moins de respect ? Mais plus d'amour peut-être. Ces soucis mesquins, que pieusement nous laissons entre le tambour et le bénitier, l'Italien les emmène jusqu'au pied de l'autel. N'en sont-ils pas purifiés d'autant ? Des amoureux se donnent rendez-vous sous la statue de la sainte Vierge et des femmes, entre deux achats, viennent s'y asseoir et n'arrêtent pas pour cela de jaboter. Ces traits peuvent choquer. Mais Dieu est là et, à l'insu même de ces amoureux, de ces commères, peut-être, par sa seule présence, sanctifie-t-il un peu cet amour, enlève-t-il à ces caquets un peu de leur venin ? L'église est la maison du bon Dieu, mais, en Italie, c'est aussi dans le sens où on le dit parfois d'une maison ouverte à tous et où chacun peut entrer, se reposer, rêver.

Régnaient jusqu'au fond de l'horizon le large rond de la mer et le ciel comme un bol, lisse, parfaitement clos, sans une fissure. Puis, plus près, l'ourlet tavelé, grenu des rochers, des galets, des agaves. Devant les cabines de bains rayées courait un plancher étroit où des femmes offraient au soleil leur dos, leurs bras encore un peu pâles.

Et le beau Cetrilli sortit de sa cabine, se retourna pour la fermer, lentement, offrant complaisamment son dos et ses fesses-acier aux regards de Laura Missi qui l'attendait. Elle était en maillot de bain aussi, un deux-pièces bleu à fronces serrées, nid-d'abeilles, mais toujours nulle. Cetrilli avança de quelques pas et, sur le fond bleu profond de la mer, bleu plus clair du ciel, fit quelques mouvements respiratoires. Cette gesticulation, il le savai faisait rouler ses omoplates, les rendait irrésistibles. Il se retourna pour en mesurer l'effet. Las ! Mme Missi n'avait rien remarqué. Elle venait d'être rejointe par l'aîné de ses enfants, un petit garçon de quatre ans, et lui disait quelque chose. Cetrilli s'approcha avec un sourire câlin.

— Sandro... Sandrino... Sandrinetto, dit-il d'une voix pâmée.

Il prenait l'enfant dans ses bras, le nichait contre sa poitrine parfaite.

— Je l'adore, ce petit, dit-il en aspirant.

Mme Missi lui avait avoué qu'elle aimait ses enfants. Il fallait en tenir compte.

— Je t'apprendrai des jeux, tu verras.

Laura Missi les regardait. Elle regardait tout ensemble les jambes de son petit garçon, un peu maigres, et la poitrine de Cetrilli. Sans doute n'avait-elle jamais imaginé l'amour paternel avec une si parfaite poitrine et un slip si étroit.

La gouvernante s'approchait à son tour, une grande fille rougeaude.

— *Hallo, Fräulein !* Maintenant le gentil Sandrino va retourner avec sa gentille gouvernante. *Nicht wahr, Fräulein ?*

À tout hasard, Cetrilli dispersait un peu de son charme sur la gouvernante. Il y a de ces femmes qui sont assez bêtes pour écouter les conseils de leurs domestiques. De cela aussi, il fallait tenir compte.

— Parce que la gentille maman de Sandrino va venir en barque avec le grand ami de Sandrino. N'est-ce pas ?

Mme Missi battit des paupières. Cetrilli sourit. Une femme qui perd la voix, il professait que ça signifie bien des choses.

— Allons! dit-il.

Ils descendirent sur les galets. Cetrilli poussa la barque dans la mer. En aidant Laura à y monter, il s'arrangea pour la laisser séjourner une seconde contre sa poitrine, crut remarquer qu'elle en était troublée.

— Mon amour, dit-il.

— Méchant, répondit-elle.

Il était assis en face d'elle et sa poitrine, au rythme des rames, avançait et reculait, avançait vers elle, se retirait, se fendait en avant, se déployait en arrière et les muscles jouaient sous la peau dorée et les bras puissants se tendaient et se pliaient et le soleil et l'ombre passaient et repassaient et Mme Missi regardait, regardait, se vautrait dans son regard.

La mer était lisse. La barque avançait rapidement. On voyait les rochers au fond de l'eau, ou des plantes sombres, comme des ours assoupis, ou des rais bleus et brillants qui perçaient l'eau comme des flèches. Cetrilli arrêta la barque. Ils étaient loin de la côte déjà.

— Je vais plonger...

— Ici? s'exclama Laura Missi. Mais c'est trop profond!

Il eut un beau rire brave. Avança jusqu'à la pointe de l'embarcation. Il était debout, tout droit, les jambes frémissantes, s'attardant, et ses fesses qui se rétrécissaient encore, qui se durcissaient. Et il plongea. La barque dansa. Cetrilli émergea, tendu comme un arc et, dans un ébrouement rieur, il se retourna, hennit voluptueusement, des gouttes au bout des cils. Et il se mit à nager sur le dos, avec de grands appels des bras, les jambes écartées, étalé dans son eau comme sur des femmes qui l'eussent baisé de partout. Et Mme veuve Missi le regardait, un peu moins nulle tant la convoitise lui tirait les traits.

Mrs Watson était cependant sortie de chez elle bien à temps, mais elle avait été interpellée et retenue successivement par Noémie la couturière chez qui elle avait un compte en souffrance, par le prince Adolfini, par la marquise San Giovanni qui était inquiète pour son chien et qui lui en avait parlé longuement, par Forstetner enfin qui l'avait beaucoup complimentée sur son chemisier orange; bref, elle était arrivée à la banque, dans la rue étroite où elle niche, au moment où un employé en fermait la porte.

— Ce n'est rien, dit-elle à Forstetner qui l'avait escortée jusque-là. Ce n'était que pour un chèque. Je le toucherai demain.

À trente mètres d'Andrassy, l'étroit chemin de ciment devenait un escalier, un escalier court, de six marches, en briques, puis le chemin redevenait ruban de ciment et, tournant à droite, disparaissait derrière un mur gris sommé d'un buisson rond. De l'autre côté, le chemin n'avait qu'une bordure basse, fendillée. Au-delà, quelques oliviers sur un bout de terrain cailouteux.

C'était par là que Sandra devait arriver. Elle s'arrêterait un moment en haut des marches, sourirait de voir Andrassy déjà là, lui ferait signe. Derrière les oliviers commençaient les maisons, les unes au-dessus des autres, les cubes blancs, roses ou ocres, les fenêtres comme de gros yeux, les cubes eux-mêmes comme de grosses têtes carrées dépassant un mur, le menton sur leurs terrasses, attentives.

— Eh bien ! dit Andrassy entre haut et bas, moi qui croyais avoir trouvé un coin tranquille.

Il y était déjà venu cependant. Il avait eu l'impression de s'y trouver au bout du monde. Mais c'est toujours pareil. Une rue qui a l'air déserte, qu'on essaie donc de s'y livrer à un méfait, même bénin, et on s'aperçoit qu'elle n'est pas si déserte, qu'elle fourmille au contraire. Une femme est à sa fenêtre, un vieillard tourne le coin, une main passe qui glisse un os de seiche dans la cage d'un serin. Le désert du passant inattentif est rarement désert pour le malfaiteur.

Et, brusquement, il y eut Sandra.

Or, elle ne s'est pas arrêtée en haut des marches, elle n'a pas levé les yeux, elle regardait devant elle, simplement. Déjà elle descendait les six marches, très vite. Et déjà ses pieds battaient dans mon cœur.

Ce chemin d'Occhio Marino ne sert qu'à quelques villas. À la dernière, il s'arrête. Le ruban de ciment vient buter sur une petite grille espagnole qui ouvre sur une allée de géraniums. Mais en ce même endroit, à gauche, s'amorce un sentier large comme la main, qui grimpe le long d'un talus. C'était là qu'Andrassy attendait, sur le talus, appuyé à un pin. Il était grave, sérieux. Mais elle, le visage levé vers lui, elle souriait. Puis son sourire, lentement, a passé. C'était pareil chaque fois : elle apercevait Andrassy, souriait. Puis le sourire passait. Il restait ce visage un peu anxieux, interrogeant, tendu comme une question. En bas, sur la mer — on en voyait un triangle, de loin, entre deux murs — une vague infime se forma, comme un pli dans un drap, comme un sourcil de vieil homme. Elle roula un instant, rentra dans la mer, au milieu du silence.

— Venez, dit Andrassy.

D'en haut, toujours sur son talus, à trente centimètres au-dessus d'elle.

— Venez...

— Non.

— Pourquoi ?

Sandra secoua la tête. Pour une fois, elle ne portait pas son lainage rouge. Il faisait si chaud. Elle n'avait qu'un chemisier crème, une jupe légère, bleue, ses jambes nues.

— Venez...

Il tendait la main. Elle ne la prit pas, commença à monter, passa près de lui, tout près. Elle sentait le pain, le coton. Et ses joues si rondes.

— Sandra. Ma chérie.

Le cœur battant, il l'emmenait. Le sentier se

rétrécissait encore. On n'avait que la place de passer entre deux jardins, clos l'un d'un mur à tessons de bouteille, l'autre d'un simple grillage, doublé il est vrai d'une rangée d'agaves dans les feuilles grasses desquels des gens avaient gravé leur nom, leurs initiales ou des sottises. C'était comme un couloir, comme un de ces couloirs d'hôtel où, derrière une fée en bonnet blanc et qui porte une clef, on suit une femme qui, suivant qu'elle est ou non habituée, mais dans l'ordre inverse, feint la confusion ou l'assurance. Mais ici, au lieu du rose paradis d'une chambre, c'est en plein ciel ou à peu près qu'ils débouchèrent, sur une sorte de terre-plein minuscule... non, terre-plein est déjà trop précis, disons plutôt un lieu vague, exigu, inégal, pris entre les murs du jardin et le vide, la mer à cent mètres en dessous, vers quoi s'écoulait, roide comme un épanchement, un escalier taillé dans la roche. Quelques pins, quelques plantes.

Ils s'étaient assis, tous les deux.

— Sandra..., dit Andrassy.

— C'est moi.

Elle était penchée en arrière, appuyée sur ses deux mains, les épaules remontées. Andrassy posa sa main sur une des siennes.

— Sandra, je vous ai tellement attendue. Depuis tant de jours...

— Depuis deux jours...

— Non, je vous attendais déjà bien avant.

Elle cessa de le regarder, fit bouger un caillou du bout de son pied.

— Où alliez-vous hier, avec vos fleurs?

— Ce n'était pas pour moi, Sandra.

— Je le pense bien, dit-elle. C'était pour une dame.

— Je voulais dire : ce n'était pas de ma part. C'étaient des fleurs que je devais porter de la part de mon patron.

— Pour la Watson ?

— Oui, dit Andrassy éberlué.

Ça, alors, pour un village ! Mais Mme Satriano le disait souvent : «À Capri, tout se sait.» Andrassy l'avait déjà constaté.

— Il ne faut plus aller seul chez cette Watson, dit Sandra d'un ton net.

— Mais elle a la peau toute grise.

— Ce n'est pas une raison. Les hommes ne sont dégoûtés par rien.

Une toute jeune fille. Une toute petite jeune fille. Qui jouait à la femme. Qui essayait de parler comme une femme. Andrassy eut un élan.

— Je n'irai plus, Sandra.

— Et pourquoi, hier, ne m'avez-vous pas parlé ? Vous étiez fâché ?

— Non, dit-il. Mais c'est à ce moment-là que j'ai compris que je vous aimais.

Elle leva les yeux vers lui. Ses grands yeux si brillants. Et elle avait de nouveau cette expression anxieuse.

— Parce que je vous aime, Sandra, dit Andrassy lentement.

Elle sourit. Il voulut la serrer contre lui. D'un mouvement de poitrine — et son sein une seconde effleura le poignet d'Andrassy — elle se dégagea.

Du regard, du menton, elle lui indiquait quelque chose. Andrassy se retourna. À quinze mètres, un peu en contrebas, dans un jardin posé à pic et surplombant l'escalier — un squelette de jardin, des chemins carrelés de rouge enserrant deux méchants parterres — une femme en bleu cueillait des fleurs.

— Elle ne nous voit pas, dit Andrassy.

Sans doute avait-il parlé un peu haut. La femme aussitôt leva les yeux, regarda de leur côté.

— Vous la connaissez? reprit-il plus bas.

Sandra eut un mouvement des épaules, comme pour dire : « Une bonne question, tiens! »

— Vous la connaissez aussi, dit-elle.

— Moi? Non.

— Alors, vous la connaîtrez un de ces jours. C'est une amie de la comtesse.

Andrassy haussa les épaules à son tour. Juste à temps pour réprimer un frisson.

— Pourquoi nous occuper d'elle? dit-il bravement.

Mais, sans s'en rendre compte, il chuchotait. Plus rien n'était pareil. Dans le silence, il entendait le bruit sec du sécateur de la dame. Qui lui coupait ses paroles sur les lèvres.

— Mais, Sandra, je vous aime...

Il le dit avec rage, comme si cette phrase devait suffire à supprimer tous les obstacles, toutes les gênes, toutes les contraintes.

— Sandra...

Elle souriait doucement. Elle n'était plus penchée en arrière. Elle était assise toute droite, ses mains dans le creux de ses genoux. Andrassy en prit une, posa ses lèvres sur la paume. Il y avait encore les traces rouges des cailloux sur lesquels elle s'était appuyée. Ça faisait une peau un peu accidentée, qui sentait la terre sèche.

— Un jour, vous m'aimerez aussi?

— Ce serait mieux, dit-elle d'un air espiègle.

Il se mit à rire et elle, d'un geste câlin, frôla de sa joue celle d'Andrassy.

— Oui, ce serait mieux, dit-il. Pensez, Sandra. Nous allons acheter cette villa, je vais rester ici toujours. N'est-ce pas merveilleux?

— Non, dit-elle nettement.

— Vous n'avez pas envie que je reste?

D'un élan de petite fille, elle se serra contre lui.

— Si.

— Que vouliez-vous dire, alors?

— Je n'aime pas cette île, dit-elle d'un air agacé.

La dame tripotait toujours ses bocages. Un petit garçon l'avait rejointe et, à quatre pattes sur le chemin carrelé, il faisait rouler quelque chose, une locomotive ou un bout de bois. Tout en bas, comme une rue qu'on voit d'un sixième étage, la mer, les Faraglioni. On les voit de partout, ces Faraglioni!

— À quoi pensez-vous? demanda Sandra.

— À nous, à notre amour. Et je cherchais aussi un endroit où nous pourrions nous retrouver demain.

Il soupira.

— Et je ne trouve que des endroits comme

celui-ci, avec des gens, des maisons. C'est encombré, cette île.

Elle le regarda avec amitié. Cette réflexion devait lui plaire.

— Vous connaissez le chemin du sémaphore? dit-elle.

Dit-elle. Rien, on se permet ici d'intervenir pour l'affirmer avec force, rien n'est aussi beau, rien ne ressemble autant à la sublime vertu de charité que le geste d'une femme qui, répudiant les vaines coquetteries de son sexe, en un élan où la plus exquise solidarité humaine vient brusquement s'ajouter à l'amour, qu'une femme, dis-je, qui, devant le désarroi ou l'ignorance de son amant, n'hésite pas à lui indiquer elle-même le lieu propice, la combinaison ingénieuse, l'adresse qu'il n'a pas encore eu le temps ou l'esprit de trouver.

— Vous connaissez le chemin du sémaphore?

Il connaissait.

— Et vous y serez? demanda Andrassy. Demain?

— Oui.

Elle avait une si jolie façon de dire oui, sans hésiter, en souriant, comme une chose légère, qui allait de soi et qui cependant recelait son plaisir.

— Maintenant je dois rentrer, dit-elle.

— Déjà?

Mais au fond il en était soulagé. Forstetner devait s'étonner de son absence. Et puis, cette femme en bleu, dans son jardin. Ils reprirent le sentier, débouchèrent sur le chemin de ciment — et les villas les regardaient de leurs gros yeux noirs.

Des trois grandes portes-fenêtres de la villa San Giovanni et de ses trois terrasses déferlait sur le jardin en pente une marée de papotages et de cliquetis. Il y avait beaucoup de monde, cinquante personnes peut-être, ou même soixante — et Yvonne San Giovanni s'assit un moment, déposa sur ses genoux le plateau de sandwiches qu'elle venait de passer, à peu près intact d'ailleurs, car elle ne le présentait aux gens que sans insister et il fallait bien mal connaître son caractère pour oser y prendre quelque chose. Andrassy s'approcha d'elle et, docilement, lui demanda de le présenter à la vieille princesse. La San Giovanni vivait séparée de son mari, mais elle avait recueilli sa belle-mère. Son mari lui-même réapparaissait parfois pour un jour ou deux et, après ses visites, régulièrement, pendant une quinzaine de jours, Yvonne montrait une certaine âpreté d'humeur.

— Ah ! je vois qu'on vous a fait la leçon, dit-elle.

Et elle conduisit Andrassy devant le fauteuil de satin blanc où la vieille dame tenait sa tasse de thé devant elle comme le brahmane le petit pot sacré qu'il va faire humer au dieu. Elle portait une robe noire à garnitures de jais et, autour du cou, un ruban de dentelles noires avec des baleines. Au-dessus régnait un visage blanc et impérieux.

— Je vous présente Andrassy, ma mère. Il est hongrois.

— Hongrois ? Ah !

Un « ah ! » bref, un « ah ! » de spécialiste. Le radiologue : «Vous venez vous faire radiographier ? Pour ? Pour le pied ? Ah ! » Et il se tourne vers ses appareils.

— Ah !

D'un geste sec de sa petite cuiller, la princesse écarta une vieille demoiselle qui était debout devant elle et, rapidement, jetant ses phrases devant elle comme la ménagère pressée les miettes restées sur la table :

— Hongrois, parfaitement. J'aime beaucoup votre pays. Beau-coup. J'y ai chassé. Mon mari était chasseur. Vous chassez ? Excellentes chasses en Hongrie. Excellentes. Si, si. Je me souviens d'une battue chez votre Régent. Vous savez que je l'aime beaucoup, votre Régent ? (L'air de défier le monde, d'avouer un vice.) Vous le connaissez ? Il m'écrit souvent. Il vit en Allemagne maintenant, sans un sou. Affreux. Je lui envoie des colis. Les Ricky, vous connaissez ? La comtesse Paboldy ? (Il va sans dire qu'elle ne laissait pas à Andrassy le temps de lui répondre.) C'est ma cousine. Elle est Salm. Char-man-te ! Son mari est mort. Elle a quatre fils.

Toujours à toute vitesse, sans qu'apparemment elle eût jamais besoin de reprendre sa respiration.

— L'aîné, Andras, s'est réfugié en Amérique. Il a pu trouver une situation. Sa femme est Hohenburg. Char-man-te ! Mais pas d'enfants. Ils ne peuvent pas. Ils sont dé-ses-pé-rés. Le deuxième, Paul, char-mant ! Mais quelle mort ! Dévoré par les loups. Le troisième... ah! vous le connaissez aussi certainement, on ne voyait que lui. Char-mant! Comment s'appelait-il déjà? Yvonne!

La voix soudain sèche, impérieuse.

— Par les loups, princesse? Dévoré par les loups? demanda Andrassy qui trouvait que le détail valait bien une explication.

— Oui.

Elle eut un geste horizontal de la cuiller.

— Il se cachait dans une forêt, à cause des Russes. Affreux, n'est-ce pas?

Et elle dédia à Andrassy un sourire bref, carré, qui lui découvrait toutes les dents. Elle avait des joues sèches, poudrées, et des cernes mauves, d'un mauve de fleur, et des yeux violets, d'un éclat sec, où pas une larme ne devait jamais avoir passé.

— Vous m'appeliez, ma mère?

— Ton ami me parlait de nos cousins Paboldy. Il les connaît très bien. C'est amusant. Le monde n'est qu'un village.

Andrassy n'avait rien dit de pareil.

— Nous cherchions le prénom du troisième.

— Nicolas, dit Mme San Giovanni avec un regard apitoyé pour Andrassy.

— Nicolas, c'est évident. Charmant jeune homme. Pendant la guerre, il était en poste à Ankara. Le quatrième est artiste. Un rêveur, un poète...

La voix, un moment, s'était alanguie.

— Il vit à Florence. Bonjour, mon cher! dit-elle à un gros vieillard qui s'avançait, qui lui baisait la main avec recueillement. Il nous a promis sa visite pour cet été.

Elle s'adressait encore à Andrassy, mais sa petite main blanche à tendons violâtres ne lâchait pas celle du gros vieillard.

— Il vous plaira beaucoup.

Avec le sourire carré et un mouvement du menton qui signifiaient clairement qu'elle en avait assez fait, que ça suffisait comme ça et qu'Andrassy pouvait disposer.

— Et comment va votre charmante fille?

Comme à un appel de trompette, le gros vieillard fit encore un pas et s'installa résolument devant les pieds d'Andrassy. Celui-ci recula, se trouva nez à nez avec Mme von Euerfeld. Elle lui sourit.

— J'ai eu l'honneur de vous être présenté, madame, l'autre jour, chez...

— Mais, oui! dit Mme von Euerfeld avec ravissement. Mais, oui! je me souviens très, très bien.

Visiblement, elle ne se souvenait de rien du tout, mais, pour feint qu'il fût, son ravissement faisait plaisir à voir. Elle était vieille cependant, soixante-dix ans peut-être, mais son visage donnait encore son bonheur. Elle avait un profil délicat, des yeux très bleus, des cheveux blancs que venait encore adoucir un reflet mauve.

— Comment vont ces charmants amis?

À qui faisait-elle allusion?

— Très bien, dit Andrassy.

— Et ces dames? Nous nous voyons trop peu. Dites-leur bien que je le regrette.

114

— Certainement.

Elle pencha la tête d'un mouvement cajoleur. Malgré son âge, elle faisait encore penser à des choses très tendres.

— Ça m'a fait beaucoup de plaisir de parler avec vous. Les jeunes gens, de nos jours, sont si souvent...

L'idée de proférer une critique, même aussi générale, eut l'air de lui faire peur et elle regarda Andrassy avec une expression inquiète et caressante. C'en devenait embarrassant. Heureusement, Mme von Euerfeld avisa une femme à pantalons noirs et à visage de pruneau.

— Chère, chère amie !

Et Andrassy se trouva poussé contre un grand vase rose d'où émergeaient de grosses fleurs jaunes. Régnait un brouhaha futile. Un long maigre expliquait une danse à une petite Américaine fraîche comme un savon, en jupe tyrolienne. Il avançait ses pieds, les reculait. Elle regardait, essayait à son tour. Le long maigre se penchait, les mains aux genoux, attentif, l'air d'un compas. Une ceinture de soie rouge ceignant ses reins étroits, le beau Cetrilli, d'un geste qui avait l'air machinal, déboutonnait le troisième bouton de sa chemise et s'offrait gentiment aux regards jusqu'à ce que, rencontrant celui du prince Adolfini, il se détournât avec une expression sévère. Palmiro, tout seul, paisible, se tenait devant le piano, sa tasse de thé entre les doigts. À côté, assis sur un même divan, une jeune femme en rose et pantalons blancs, un jeune homme à cheveux décolorés et un ancien ministre hongrois. En face, Mme Satriano qui, voyant Andrassy tout seul, lui fit signe.

— Le Président nous parlait de Hitler, dit-elle.

— Bonjour, Andrassy, dit le Président en hongrois.

— Se retrouver ici, si loin de la patrie..., dit Mme Satriano avec un soupir.

Vos arrivait, toujours en pull-over. Mrs Watson courut vers lui.

— Stanny ! J'ai cru que tu n'arriverais jamais.

— Certainement, dit Yvonne San Giovanni. Je sais ce que je dis. Ces chapeaux qui ont une rigole tout autour, c'est parce que, au Mexique, il y a des cobras. Ils se tiennent dans les arbres et, quand vous passez, ils se laissent tomber sur vous...

— Et ils se cassent la jambe, dit Satriano, impassible.

— Les cobras n'ont pas de jambes, Jicky. Mais ils tombent dans la rigole du chapeau et ainsi ils ne peuvent pas mordre.

— Ingénieux, dit Satriano.

— Et ce soir ? demanda Mrs Watson.

— Il avait plutôt l'air d'un employé, dit le Président. Vous savez, l'employé qui a des idées, qui discute avec le directeur, qui s'occupe du syndicat.

— Comme la Lincoln, au fond...

— Pour moi, Gide aboutit à une impasse.

— Vous appelez ça une impasse ?

Et un petit rire énervé.

— Tiens ! où est mon sac ? dit Mrs Watson. Voyons, j'étais assise dans ce fauteuil.

— Il paraît qu'au Kenya, la vie est moins chère, dit lady Noakes. Le mouton y est pour rien.

— Il est là, ton sac, dit Vos. Sur le piano.

— Il faut encore aimer le mouton.

— Est-ce vrai qu'il avait des yeux si fascinants ?

— Je crois qu'à cause de toi, je deviens folle. J'aurais juré que j'avais laissé mon sac dans le fauteuil.

La jeune femme en rose leva les yeux vers Andrassy.

— Asseyez-vous donc, dit-elle.

Et elle recula sur le divan pour lui permettre de s'asseoir à côté d'elle. Le jeune homme décoloré en profita pour glisser sa main derrière elle.

— Fascinants ? Oui, si on veut. Je les ai plutôt trouvés un peu exorbités, comme les gens qui ont cette maladie, vous savez... comment vous appelez ? Le goitre ?

— Stanny, je n'arrive pas à comprendre comment mon sac pouvait se trouver sur le piano. J'étais dans ce fauteuil.

— Vous le faites cuire dans un poêlon à feu doux...

— Si on veut, évidemment.

— Cette idée aussi, faire ça dans l'escalier.

Palmiro déposa sa tasse. Le Président alluma un petit cigare. Dans un fauteuil rayé blanc et bleu, lady Ambersford, la tête sur l'épaule, dormait d'un sommeil égal. Forstetner s'en aperçut et, l'air fin, nuance ami intime, il s'approcha de lady Noakes.

— Marianne, je crois que Bessie pique un petit somme.

— Un somme ?

Lady Noakes avait sursauté.

— Allons, dit Forst, c'est bien innocent.

De son grand pas de cheval, la bouche pleine — elle avait réussi à attraper un sandwich — lady Noakes avança vers Bessie.

— Vous dormez ?

Elle regarda autour d'elle. Forstetner l'avait suivie, un sourire attendri sur les lèvres.

— Pauvre chère âme !

— Je suis sûre qu'elle a oublié les clefs, dit lady Noakes avec agitation.

Elle prit le sac de Bessie, le fouilla fiévreusement, n'eut pas l'air de trouver ce qu'elle cherchait, regarda encore son amie avec méfiance.

— Elles n'y sont pas ? demanda Forstetner.

— Venez que je vous montre, dit Mme Braccone en entraînant Mme Palmiro.

— Les clefs, voyons, dit Forstetner.

— Les clefs ? Ah ! oui.

— Mon mari, dit Mme Palmiro en passant devant le piano. Permettez-moi de vous présenter mon mari... Mme Braccone.

— Ah ! Monsieur, il ne nous a fallu qu'un quart d'heure, votre femme et moi, pour que nous devenions une paire d'amies.

— J'en suis ravi, madame.

— Oh ! je m'amuse ! dit Mme Palmiro avec une joie d'enfant.

Elle eut pour son mari un long regard de ses grands yeux humides.

— Grâce à toi...

— Eh bien ! dit la San Giovanni. Tous les Hongrois ensemble ! Vous prenez ma maison pour une succursale de la pouchta ?

— Pousta, chère amie, rectifia le Président.

— Si je vous disais, mon cher, qu'à Bogota...

Et Cetrilli à Laura Missi :

— Je te le jure, je ne pourrais plus vivre sans toi.

Mais, en même temps, il jetait un regard attentif sur la petite Américaine en robe tyrolienne.

— Bien sûr que je viendrai vous voir à Naples.

— Andrassy, dit Yvonne San Giovanni, je crois que vous n'avez pas encore visité ma maison. Vous venez ?

C'était le rite. À Capri, on finit toujours par vous faire visiter la maison. Chacun est fier de la sienne, de ses arrangements, de ses points de vue. Puis, c'est commode. Parfois, on ne sait de quoi parler. Alors, on visite la maison. Ça fait une diversion. Un intermède. Ça crée, à peu de frais, une impression d'intimité.

— Vous venez aussi ? dit Mme San Giovanni à Palmiro. Vous avez reconnu le piano ?

Elle lui en parlait comme d'un ami commun. Palmiro qui, bien entendu, n'avait jamais vu l'engin, le caressa d'un regard amical, posa la main dessus, comme à un cheval.

— La terrasse d'abord, claironnait la San Giovanni. Ma gloire et mon plaisir. Regardez-moi ça !

Vers la droite, la terrasse dominait tout Capri, tout son amas de cubes blancs, roses et ocres, étagés les uns au-dessus des autres, les toits bombés, les taches violettes des premières bougainvillées, le grand rectangle blanc d'un hôtel. Plus loin, la haute masse gris-rose de la montagne, la route qu'elle porte à son flanc. Puis, vers la gauche, le grand quadrilatère gris du couvent. D'une matière grise, sèche, friable, comme un vieux pain. De la terrasse, on apercevait un bout du cloître, des garçons qui jouaient au ballon, les arcades légères que domine un campanile, lui-même surmonté d'une sorte de brioche de pierre. Puis, la mer.

— Hein! dit Mme San Giovanni. Je crois que je le tiens, le paysage. J'ai mis le doigt dessus, non?

— Et la mer! Ce bleu!

Mme Satriano les avait suivis. Debout, dans son long châle de soie saumon, avec son grand nez de cardinal, sous les rayons obliques du soleil couchant, elle faisait pendant à Yvonne San Giovanni, et elles avaient l'air de deux prêtres, le chanoine et le vicaire, le méditatif et l'agissant, le bénisseur et l'apôtre, celui qui prie et celui qui fait la quête, de deux prêtres de tempérament différent mais voués au même culte.

— Par ici, dit la San Giovanni.

Comme un adjudant sa section, elle leur faisait tourner le coin de la terrasse. En bas, veillaient les trois Faraglioni et, derrière eux, plus modeste mais massif, le Monacone, le Gros Moine, un autre rocher qui a des plis épais de rideau de théâtre et où, dit la légende, est enterré l'architecte de Tibère.

— Que de beautés! commenta Mme Satriano.

Andrassy allait le dire mais, avec ces deux

femmes, les enthousiasmes étaient exprimés avant d'avoir eu le temps de se former.

— Regardez à gauche ! ordonna la San Giovanni.

À gauche, c'était la montagne, un pan de montagne qui allait jusqu'aux carrés noirs et blancs du sémaphore, un pan sauvage mais d'une sauvagerie calme, d'une sauvagerie de paradis terrestre, d'un vert-gris, vert-argent, vert citronné. Une paix singulière en émanait, faite de douceurs, de senteurs, de délices.

— Mon vieuil, dit Stanneke Vos qui avait rejoint le petit groupe. Mon vieuil !

Et il fit claquer ses doigts. La comtesse Satriano approuva d'un sourire.

— Je dois dire, commença Palmiro...

— La beauté, dit Mme Satriano en soupirant. Il y a dans l'extrême beauté quelque chose qui ressemble au néant.

C'était curieux toutes ces grimaces, ces pâmoisons à propos de trois fois rien et puis, parfois, montait comme une eau cet air triste et grave. Ou une phrase qu'elle disait d'une voix unie, sans roucouler, et qui, lentement, arrivait jusqu'à vous. C'était vrai qu'il y avait dans ce paysage quelque chose qui incitait à la torpeur, à l'engourdissement, au silence. Ces rochers, ces buissons verts et gris qui descendaient en houles rondes, la mer, ces maisons, les unes encore baignées de soleil, les autres déjà enfoncées dans l'ombre, c'était comme ce moment où le sommeil, comme un oiseau engourdi, se laisse enfin prendre ; c'était comme un opéra où peu à peu la modulation recouvre et engloutit son royaume de bouts de rideaux, sa cathédrale de carton peint, sa chanteuse et son boléro ; où la conscience bientôt s'abolit et se perd dans cette gorge palpitante et désespérée, dans cette voix inhumaine qui se gonfle et s'étire, qui se déploie et s'envole dans une poussière dorée. Pendant quelques instants, Andrassy cessa d'exister. Lorsqu'il revint à lui, le petit groupe avait disparu. Il ne restait que Stanneke Vos, les manches de son pull-over retroussées au-dessus du coude et qui lui lança un regard amical de ses yeux verts.

— Quelque chose, hein !

— Quelque chose, dit Andrassy gravement.

— Souvent, je me dis : mon vieuil, assez, c'est trop, tu vas dégueuler si tu restes encore. Puis je regarde. Et je reste.

— Il y a longtemps que tu vis ici ?

Vos regarda son interlocuteur avec étonnement.

— Iolanda ne t'a pas raconté ? Elle ne t'a pas raconté ?

Il en avait l'air froissé.

— Je suis arrivé ici en trentesett, mon vieuil. Pour faire le portrait de la Satriano. Avant, à Paris, tu pouvais demander...

Il mimait le monsieur qui s'informe, qui soulève son chapeau. Pardon, monsieur l'agent...

— Pour le portrait, la femme en peau, tous ses nichons dehors, avec des diams, il y avait Kees et il y avait Stanneke. Tout le reste, de la merde, mon vieuil. Tu sais, le genre avec des figures vertes et des cheveux mauves.

122

Comme beaucoup de gens qui s'expriment dans une langue qui n'est pas la leur, Vos sautait des pans entiers de phrase.

— Et puis, je suis venu ici et je ne suis jamais reparti.

— Jamais?

— Sauf un moment, au début de la guerre. On m'a expulsé. Étranger, zone militaire. Zone militaire, reprit-il avec un regard sarcastique pour les églantiers et les euphorbes. On m'a donné un permis pour Florence. Puis je suis revenu, et on m'a foutu la paix.

— Je comprends, dit Andrassy. Pour un artiste, ce doit être merveilleux.

— Tous les imbéciles disent ça, dit Vos, visiblement à mille lieues de soupçonner que sa phrase pût avoir un caractère désobligeant. Mais ce n'est pas vrai. L'art, c'est parce que les hommes sont embêtés de vivre toujours dans les choses laides. Alors, ils cherchent un peu de beauté. Mais si tu vis dans la beauté, si tu vis toujours dedans, l'art, il fout le camp, mon vieuil. L'art, je m'en fous maintenant. Je ne fais plus rien. Un portrait de temps en temps, mais pour le fric, rien que pour le fric. Je ferais aussi bien autre chose.

De son pouce démesuré, par-dessus son épaule, il désigna la villa.

— Tu vois ces fenêtres? C'est moi qui les ai repeintes. Yvonne voulait faire venir le peintre. J'ai dit : ma vieille, donne-moi le fric, c'est moi qui peindrai tes fenêtres et je te ferai une ristourne.

Elle contente, tu penses, et moi, peindre des portes ou des figures, ça m'est devenu égal.

— J'aurais cru cependant, dit Andrassy. Toute cette beauté...

— Tu connais mon chef-d'œuvre ? Mon tableau qui se trouve au Luxembourg, à Paris ?

— Je n'ai jamais été à Paris.

— Enfin, c'est mon chef-d'œuvre. Vérité ! (Les deux doigts levés.) Dans le Larousse, on a mis sa reproduction. Eh bien, je l'ai peint dans une chambre de la rue du Cardinal-Lemoine. Je n'avais pas encore eu de succès. De ma fenêtre, je voyais un mur avec des vatères. Et c'est une pouffiasse avec des varices qui a posé. Une gueule, mon vieuil. Et dans le Larousse, on met : cette figure idéale dans un paysage de rêve.

Pour citer ce jugement, Vos avait pris une voix affectée, la bouche en cul de poule.

— Juste ! Un paysage de rêve. Parce que je rêvais. Le mur et la pouffiasse. Mais moi, je rêvais. Je regardais et je rêvais. Et quand tu regardes une chose laide, ton rêve, comment tu dis ça...

Il marmonna quelque chose dans une langue incompréhensible.

— Tu construis ton rêve. Mais quand tu regardes une chose belle, tu ne rêves pas. Ou tu fonds dans ton rêve. Tu vois un urinoir. Tu sais, ces belles plaques vertes qu'il y a dans les urinoirs. Alors tu penses au temple d'Angkor. Mais, si tu vois le temple d'Angkor, alors tu ne penses plus à rien du tout. Ou tu penses des choses bêtes qui ne durent pas longtemps. Tu dis : tiens, où je vais aller pour pisser ? Tu aimes une femme...

Andrassy tressaillit. Pour l'amoureux, tout est allusion.

— Non, non, dit-il bêtement.

— Ou un garçon, ça m'est égal. Enfin, quelqu'un à qui tu peux penser. Eh bien, regarde-moi. C'est une expérience, mon vieuil. Scientifique. Regarde-moi et essaie de penser à cette femme.

— Je t'assure...

— Scientifique ! coupa Vos péremptoire.

Andrassy se planta en face de lui et le regarda. Il regardait ce long visage hâlé, ces prunelles étirées, ces yeux verts et, lentement, il la vit surgir, elle, son regard, son sourire, ses cheveux autour de son visage comme une mousse. Elle venait vers lui, elle avançait, elle souriait.

— Allons, dit Vos. Ne fais pas cette tête-là. Tu as pensé à ses nichons, au moins. Regarde la mer maintenant, ou regarde la montagne.

Andrassy détourna son regard.

— Tu la vois encore ?

Andrassy fronçait ses sourcils qui ne formaient plus qu'une barre touffue et crispée. Il regardait de toutes ses forces. Mais le visage aimé fondait, se brouillait, se perdait entre les buissons, s'égarait entre les petites feuilles vert sombre. Il se tourna vers la mer. Il y avait le soleil. Il y avait les mille micas de l'eau bleue. Il n'y avait plus de visage.

— Eh bien ?

— Inouï ! dit Andrassy.

Vos souriait avec satisfaction. À ses pieds, au

bord de la terrasse, courait une bordure de zinnias trapus. Deux hommes débouchaient sur la terrasse, un petit râblé en veston jaune et un autre, plus âgé, le regard bleu et froid. Ils se tenaient par le bras et se parlaient avec abandon. Et en anglais. Ils descendirent dans le jardin.

— Quel genre! dit Andrassy. Et ça chez la bonne San Giovanni, trésorière de l'œuvre de Saint-Vincent-de-Paul.

Vos sourit — d'un sourire un peu étrange. Andrassy en fut gêné. Après tout... Qui sait si Vos lui-même... Mais Forstetner arrivait sur eux. Il portait un veston de gabardine bleu tendre qui, sur un autre, eût été charmant.

— Te voilà, brigand! Tu étais avec ce mauvais sujet de Vos.

Il lui prenait le bras. L'embarras d'Andrassy augmenta. Venant après sa remarque sur les deux Anglais, le geste tombait plutôt mal. Mais Vos déjà s'éloignait.

— Je... dit Forstetner.

Il fut interrompu par la vieille princesse, le chignon sur le haut de la tête.

— Vous vous amusez?

— Beaucoup, princesse, dit Forstetner en battant des paupières.

Elle eut l'air agacée.

— Vous, je le pense bien. Mais vous?

Décidément, c'était à Andrassy qu'elle s'adressait. Mais sans attendre la réponse:

— Joli, ce veston. Quand vous l'aurez usé, vous le donnerez à ma bru, pour ses pauvres.

Andrassy crut utile de mettre les choses au point. Cette vieille dame le traitait trop amicalement. Elle devait le prendre pour un magnat à deux mille hectares, pour un émigré qui a pu fuir en emportant tous ses bijoux.

— Je ne suis qu'un pauvre secrétaire.

— Oh! secrétaire... dit Forstetner.

— Je sais, dit-elle. Je sais.

Ma foi, elle le regardait avec une expression plus amicale encore. Son visage d'un blanc d'os, ses larges cernes mauves, faits d'une peau très fine et fripée, d'un mauve très pâle, comme un peu de très vieux parfum retrouvé au fond d'un placard dans un flacon à facettes.

— Venez avec moi. Ça m'énerve de voir un jeune garçon toujours avec des vieux. N'est-ce pas, Forstetner?

Elle insistait :

— Des vieux comme nous.

— Princesse, minauda Forstetner avec un regard haineux.

Elle eut son sourire bref, carré, comme une imposte maniée par une main nerveuse.

— Il n'y a que des vieux, ici.

Elle regardait autour d'elle.

— Ah!

Son « ah! » sec, comme tout à l'heure. Son « ah! » de spécialiste. Sa petite main pâle agrippant la manche d'Andrassy, elle avança vers la jeune femme en rose. Le jeune homme décoloré lui parlait. La princesse l'écarta sans barguigner.

— Ma petite belle, voici mon ami Andrassy qui

en a assez des centenaires. Je te le confie. Vous connaissez Mafalda Braciaga? Voilà, je vous laisse, bavardez.

Elle s'éloignait. La jeune femme en rose se mit à rire.

— Voilà, je vous laisse, bavardez, dit-elle. Reste à savoir de quoi.

Elle était petite, mais pas frêle, le nez très droit, d'un dessin très pur, d'abondants cheveux bruns en rouleaux sur la nuque.

— Voici maman, dit-elle.

À deux pas, assise sur un canapé bleu, une vieille dame les regardait. Une vraie vieille dame, les cheveux blancs mais sans reflets bleus, une robe noire, des bas de fil gris. Ils allèrent s'asseoir auprès d'elle.

— Vous avez vu le jardin? demanda-t-elle. Il est joli, n'est-ce pas? Le mien est joli aussi, mais plus utile. J'y cultive des légumes. Tous les matins, mon mouchoir noué autour de la tête, mon sarcloir, ma binette. Mon confesseur dit toujours que c'est mon péché. C'est par là que le démon viendra un jour me cueillir. Comme une capucine.

Elle eut un rire léger.

— Ma fille se moque de moi, mais elle s'en occupe aussi.

— Oh! moi, je ne m'occupe que des fleurs.

— Les deux jardinières!

Elle croisa ses grosses petites mains sur ses genoux d'un air satisfait. À quelques pas, dans son fauteuil rayé, Bessie Ambersford émergeait de son sommeil, soupirait. Puis elle porta la main à sa poche, eut une expression soulagée. Mme Braciaga la regardait paisiblement.

— Ça m'amuse, ces réunions, dit-elle. Je ne sors pas beaucoup. Je suis là, à biner mon jardin, à tricoter, à écouter un concert à la radio. Alors, de temps en temps, je me dis : ma petite fille, tu t'encroûtes. Et je fais quelques visites. Ça m'intéresse. Tous ces étrangers, ces artistes, ces pédérastes...

Andrassy ne sourcilla même pas. Il s'y était fait. À Capri, le mot pédéraste a autant de force explosive que, ailleurs, le mot potage.

— J'ai deux lapins aussi et huit poules. Ils ont tous un nom. Les lapins s'appellent Scipion et Hannibal. Et le coq...

Elle eut un petit rire modeste, comme pour se faire pardonner une excentricité.

— Le coq, je l'ai appelé Coco. Il faudra que vous veniez les voir.

— Mais oui, dit Mafalda. Venez quand vous voulez.

Andrassy s'engourdissait. Cette vieille dame, Mafalda qui le regardait de ses yeux si paisibles, nets, un peu secs comme l'ardoise, cette voix tranquille qui coulait tout unie. Lorsqu'il était petit, il avait une grand-mère toute pareille, en robe noire et bas de fil gris. Elle aussi, elle élevait des poules et des lapins. Et chacun avait son nom : César, Terreur de la puszta, Friseur.

La nuit.

Forstetner dort.

Sur la mer, les cent lumières des barques de pêche, vers le large ou vers Amalfi. Comme des étoiles. Si on est distrait, on se dit : tiens, comme le ciel descend bas. Mais ce sont les barques.

Tranquilles, immobiles.

À bord, les pêcheurs attendent, en silence.

Il n'y a, cette nuit, qu'un clapotis infime.

Sandra dort.

Son petit frère aussi, dans la même chambre.

Toutes les nuits, Sandra, vers deux heures, le lève. Sinon, il mouillerait son lit, l'amour. Alors, elle l'éveille. Il est tout chaud, tout engourdi. Elle le recouche. Il se rendort tout de suite.

Le pharmacien est encore éveillé. Dans le noir, il parle à sa femme. Il est furieux. Un individu, cette après-midi, pour obtenir un médicament à base de cocaïne, est allé jusqu'à se mettre à genoux, dans l'arrière-boutique.

— Devant la petite ! Ce qu'elle a dû penser, je me le demande.

Mariette, la chemisière, met la dernière main à quatre chemises de soie.

Noires.

C'est la mode cette année, la chemise noire, style fasciste, boutonnée jusqu'au col. L'autre soir, au Clubino, une petite boîte de nuit étroite, la princesse Adolfini a dit à un des jeunes garçons qui composent sa cour :

— Tu la mettrais, toi, la chemise noire ?

— Bien sûr !

Un tout jeune homme encore, dix-sept ans peut-être, le fils précisément d'un ministre fasciste qu'on a fusillé en 1945, après l'avoir malmené. Les journaux, parfois, publient encore sa dernière photo, toujours en chemise noire, le visage tuméfié, baisant un petit crucifix et tenu aux aisselles par deux individus.

— Tu la mettrais?

Un autre avait déjà enlevé sa chemise et la tendait. Le jeune garçon a commencé à la mettre. Il la boutonnait, fébrilement. Mais le col était un peu étroit. La main à son cou, le jeune garçon s'est arrêté. On a encore entendu le rire strident de la princesse Adolfini, puis le silence. Et la voix veule de Jacquot qui égrenait des souvenirs. — Je me rappelle une partie carrée, avec un dentiste, un horticulteur et puis moi. Et une gonzesse. Pourquoi la gonzesse? Je ne sais plus. Je crois que c'était le dentiste qui voulait se foutre d'elle.

Et dans la nuit pure, de vagues parfums.

Vingt-quatre heures de vraie chaleur et l'île tout entière déjà avait changé. Le ciel lui-même, hier encore d'un bleu massif et précis, était devenu une buée gris argent qui, à l'horizon, se confondait avec la mer. Les grillons emplissaient l'air de leur crissement industriel. En un jour, la population semblait avoir doublé et, dès onze heures, la place bouillait d'une foule non seulement plus nombreuse que la veille, mais différente, affublée de paréos, de shorts à pompons jaunes, de chemises imprimées à œils de paon ou à tulipes. Sous la terrasse des Satriano, les voitures et les automobiles descendaient sans arrêt vers la plage de la Petite Marine, chargés de couples indécents et graves, de filles exténuées d'avoir, la veille, tant dansé — et leurs cuisses nues, au fond des voitures, ne bougeaient pas, comme de gros poissons pâles, immobiles et pensifs.

Grâce à l'affirmation plusieurs fois répétée que la plage, franchement, ça ne l'intéressait pas, Andrassy venait de convaincre Forstetner d'y descendre lorsque Rampollo arriva, très agité, pour annoncer que le propriétaire de la villa Watson venait de débarquer. Forstetner proposa qu'on se retrouvât vers les cinq heures. Mais Rampollo devait avoir quelque chose à faire vers cette heure-là, car il trouva aussitôt des objections.

— Non, non, il faut le prendre le plus rapidement possible. Sinon, il va s'informer des prix. Et faire la sieste. Il faut discuter pendant qu'il est encore fatigué du voyage. Il aura moins de résistance.

Il finissait par croire à ses raisons et ce machiavélisme rudimentaire illuminait son visage orange, faisait briller ses grands yeux charbonneux.

— Bon, dit Forstetner. Où est-il, ce propriétaire ?

— À la villa. Il y a gardé une chambre pour quand il vient.

Le propriétaire était un homme extrêmement long, chauve et assez calme.

— Entrons, dit-il. J'ai demandé à Madame Watson la permission de vous faire visiter la villa.

— C'est que je l'ai déjà visitée, dit Forstetner.

Le propriétaire leva la paume d'un geste imposant.

— Si vous voulez, dit Forstetner.

Le salon était dans un désordre incroyable, tous les coussins en l'air, les tapis à demi repliés sur eux-mêmes.

— C'est Madame Watson, dit le propriétaire, comme si c'était là une explication parfaitement suffisante.

Marjorie arrivait précisément, en robe de chambre pervenche, toujours morose, mais plus dépeignée qu'à l'habitude, ses gros yeux noirs sautant d'un objet à l'autre, comme une louve qui cherche ses petits.

— Marjorie! dit Forst sur le mode badin.

Elle le regarda comme si elle ne le reconnaissait pas.

— Je ne voulais pas vous déranger, mais...

— Ce n'est rien, dit-elle en fonçant vers un fauteuil et en glissant la main sous le coussin.

— Vous avez perdu quelque chose?

— Ce n'est rien.

Elle marmottait, toujours penchée sur son fauteuil. Les quatre hommes la regardaient.

— Une paire de ciseaux, peut-être? dit Forstetner d'un ton agréable. J'ai remarqué que ce sont toujours des ciseaux qu'on perd dans les fauteuils.

— Mais non, dit-elle avec agacement. Ne vous en occupez pas. Continuez votre visite.

On recommença donc la visite. Toute la maison était dans le même désordre que le salon — à quoi venaient encore ajouter un peu de confusion les grands pans de soleil qui tombaient des fenêtres. Dans la chambre de Mrs Watson, les draps étaient tirés jusqu'au milieu de la pièce.

— Je suppose qu'elle aura reçu des amis, dit le propriétaire, agressif.

Et, d'un geste excédé, il remit son bouchon à une bouteille de whisky posée sur la toilette.

— Maintenant, dit Forstetner, si nous parlions du prix.

— Une minute...

Il fallut d'abord regagner la terrasse, s'asseoir, le tout non sans une certaine gravité.

— Une cigarette?

Le propriétaire aspira une bouffée, la rejeta lentement, la bouche grande ouverte, regarda encore sa cigarette, commença.

— Il faut tenir compte, dit-il, que c'est la plus belle villa de l'île.

Cette appellation, à Capri, revient de plein droit à une bonne soixantaine de constructions.

— Une vue! Une situation!

— Je sais, dit Forstetner.

— Et des citernes! Avez-vous bien vu les citernes?

L'île ne compte ni rivières ni sources, sauf deux

ou trois de débit dérisoire. On n'y dispose comme eau que de celle qui, des toits, descend dans les citernes. Ou alors il faut en acheter — assez cher. La question des citernes est donc capitale.

— Les citernes sont assez grandes, dit Forstetner.

— C'est-à-dire qu'elles sont magnifiques.

— Magnifiques. Mais ce qui m'intéresserait maintenant, c'est le prix.

Le bras tendu, dans un geste large qui embrassait le jardin, le ciel et la mer, le propriétaire proféra :

— Est-ce que ça a un prix ?

— Tout a un prix.

— Et qu'est-ce donc que la lire, aujourd'hui ?

— La lire se consolide tous les jours.

— Mais qu'est-ce que l'argent dans le monde d'aujourd'hui ? Vingt millions, cent millions ! Mais si les Russes arrivent, à quoi ça me servira-t-il d'avoir cent millions ?

— À quoi ça vous servira-t-il d'avoir une villa ?

— Nous serons tout de même tous pendus.

— C'est évident, dit Forstetner. Mais le prix ?

— Tous pendus ? Vous croyez vraiment ?

Bien qu'il eût lui-même lancé l'hypothèse, le propriétaire avait l'air de ne l'envisager sérieusement que pour la première fois.

— Tous, dit Forstetner assez allégrement.

— Il en restera bien quelques-uns, hasarda Rampollo en dédiant aux deux parties un sourire timide et conciliant.

— Et ce prix ?

— Monsieur est suisse? demanda le propriétaire.

— Oui.

— Je préférerais indiquer le prix en francs
suisses.

— Vous voulez être payé en francs suisses?

Le propriétaire hésita.

— Ça fait une différence, hé?

— Aucune.

Les mains sur les genoux, les coudes écartés, le
propriétaire regardait Forstetner avec une expression soucieuse.

— Il est à combien, le franc suisse?

— Cent quarante-sept.

— Sûr?

— Les cours sont dans tous les journaux, dit
Forstetner en haussant les épaules.

Le propriétaire sortit un carnet, le posa sur ses
genoux, se livra à des calculs.

— Du diable, dit Andrassy, si je vois l'utilité...

— Non, non, non, dit Rampollo d'un petit ton
raisonnable. Il faut comprendre.

Son panama sur les yeux, ses deux mains sur la
poignée de sa canne, silencieux, Forstetner était le
symbole même du ricanement.

— Eh bien! dit le propriétaire en soupirant,
l'air pas trop sûr, ça fera deux cent quatre mille
quatre-vingt-deux.

Rampollo regarda Forstetner avec anxiété. Il
était visible que ce chiffre ne lui disait rien.

— Bref, trente millions, dit Forstetner.

Le propriétaire eut un geste désolé, comme

pour dire qu'il n'y pouvait rien, que ce n'était pas de sa faute si deux cent quatre et cætera ça faisait trente millions de lires. Rampollo crut utile — et en tout cas rituel — de tenter une diversion.

— Et comment ça va-t-il, dans le Nord? demanda-t-il cordialement.

Quoique résidant généralement à Rome, le propriétaire était de Udine.

— Mieux, dit-il.

S'ensuivirent quelques considérations. Le propriétaire évoqua les tueries de 1945. Le petit Rampollo n'en croyait pas ses oreilles.

— Quoi? Tuer des gens? À cause de la politique? Mais ce sont donc des sauvages, par là! Monsieur!

Il prenait Forstetner à témoin. Mais le vieux ne lui répondit que par un regard atone.

— Ah! ce n'est pas ici que nous ferions des choses pareilles, poursuivait Rampollo. Voler, oui, je comprends. Voler un petit peu. Piller. Sans abîmer, cependant. Mais tuer!

Et, dans un cri de désespoir :

— Il ne suffisait donc pas de prendre leurs portefeuilles!

— Eh! On les prenait aussi, dit le propriétaire.

— Mais pourquoi tuer, alors?

Il en était révolté.

— La politique...

— La politique!

Rampollo haussait les épaules avec force, se détournait sur sa chaise, empoignait son dossier comme quelqu'un qui ne veut même plus discuter tant c'est bête.

— Jolie politique ! N'est-ce pas, avocat ?

— Certainement, dit Andrassy.

La diversion était suffisante. Rampollo se tourna vers Forstetner.

— Alors, ce prix, professeur ? Qu'en disons-nous ?

Pourquoi professeur ? À cause des lunettes ?

— Alors, ce prix ?

Car, bien entendu, il n'était pas question de l'accepter. Le prix d'ailleurs était absurde. Yvonne San Giovanni l'a répété sur tous les tons, cette villa vaut douze millions. « Pas un sou de plus ! Forst, si vous en payez treize, je ne vous regarde plus. » Et elle serait de taille à l'avoir pour douze. Forstetner, lui, est résigné à en payer quatorze. Il l'a déjà dit. Rampollo l'a écrit au propriétaire. Dès lors, si celui-ci s'est dérangé, c'est que ces quatorze millions lui paraissent une base raisonnable de négociations. Il peut, au maximum, en espérer quinze. N'empêche qu'il commence par parler de trente. Ça fait partie du plaisir. Il y a des années qu'il vit sur cette idée.

— J'ai une villa à Capri. J'en demande trente millions.

Le dimanche, au café, il en parle à ses amis. Ça lui vaut de la considération.

— Le prix est ridicule, dit Forstetner.

Tout le monde en étant convaincu, la phrase ne suscita aucun commentaire.

— Faites une offre, dit le propriétaire.

Le rite eût voulu ici qu'à la valse-hésitation du propriétaire répondît un ballet de la perplexité exécuté par Forstetner. Aux thèmes : la plus belle villa de l'île, pourquoi vendre ? avec la situation internationale ? qu'est-ce donc que l'argent ? eussent dû succéder les thèmes parallèles : oh ! la villa a des inconvénients, d'ailleurs, pourquoi acheter ? est-ce sage ? avec la situation internationale ? l'argent est plus sûr, l'argent s'emporte, une villa vous expose bien davantage ! Mais Forstetner, s'il appréciait assez la couleur locale pour supporter le ballet du propriétaire, ne l'aimait pas au point d'en danser un à son tour. La méthode du ballet, d'ailleurs, était-elle efficace ? Satriano la préconisait mais, avec Satriano, on pouvait toujours se demander si le goût du folklore ne lui obscurcissait pas un peu la vue. Yvonne San Giovanni, pour sa part, se réclamait d'une autre technique : « Mon cher, vous apportez votre oseille, hein, un bon paquet de billets, un bon tas, vous le posez sur la table et vous dites : tenez, il est à vous. Et ils perdent la tête. Tant qu'on parle, ils raisonnent. Mais, l'argent devant eux, ils ont le vertige. » C'était à une variante de cette méthode que Forstetner s'était rallié. Il prit son portefeuille, en sortit un carnet de chèques.

— Quatorze millions, dit-il. Je les ai à la banque. Je vous fais un chèque ?

Il y eut comme un souffle. Le propriétaire battit des cils, jeta un coup d'œil vers l'agent qui, ému, soupira. Et Forstetner sentit qu'il avait eu tort de ne pas suivre à la lettre le conseil de la San Giovanni. Le paquet de billets et l'affaire était faite. Le chèque, c'était encore trop cérébral.

— Quatorze millions? dit le propriétaire. C'est une plaisanterie.

Il se leva. C'en était assez pour ce jour-là. La première escarmouche était terminée.

— Une plaisanterie, dit-il encore.

Mais on convint de se retrouver le lendemain.

Ils étaient encore dans le jardin, à échanger un dernier commentaire.

— Forstetner!

D'un seul mouvement, les quatre hommes levèrent la tête. Mrs Watson était à une des fenêtres.

— Marjorie! dit Forst. Je vous ai déjà demandé de m'appeler Douglas.

— Oui, oui, mais voulez-vous monter un moment. Je voudrais vous parler.

— Je viens...

Zélé, la tête penchée, Forstetner déjà s'éloignait. Le propriétaire eut l'air inquiet.

— Son bail finit dans un mois. Il le sait, hein? demanda-t-il à Rampollo.

Forst se retournait.

— Ne m'attends pas! cria-t-il à l'intention d'Andrassy.

Mrs Watson avait toujours son air agité.

— Oh! Forstetner, dit-elle tout de suite, il faut que...

— Tch, tch, tch! dit Forstetner, la mine tatillonne. Tant que vous ne m'appellerez pas Douglas, je ne vous écouterai pas.

— Douglas! Douglas! cria-t-elle exaspérée, et tout d'un trait. Douglas! oui, mais mon argent a disparu.

— Quoi, quoi, quoi?

Il s'agissait d'argent : Forstetner reprenait sa voix naturelle.

— Il faut que vous m'aidiez. Il faut. J'avais un chèque...

Et, comme frappée par une idée :

— Mais vous vous rappelez. Vous étiez avec moi, hier. J'avais un chèque à toucher à la banque, elle était fermée.

— Je me rappelle très bien, dit Forstetner gravement.

— Je voulais le toucher aujourd'hui. Il a disparu.

— Mais non, dit Forstetner, avec l'optimisme des gens à qui n'appartient pas le chèque. Mais non. Vous l'aurez mis quelque part. Vous allez le retrouver.

Mrs Watson secoua avec rage un coussin.

— Où aurais-je pu le mettre? J'ai cherché partout.

— Voyons, dit Forst, procédons avec méthode. D'abord, c'est un chèque de combien?

— Cent cinquante mille.

— Lires?

— Oui.

— Ouf! Je respire.

Les gros yeux noirs de Mrs Watson eurent une expression étrange.

— Et vous l'aviez hier dans votre sac?

— Oui.

— Vous avez bien regardé dans votre sac?

D'étrange, le regard de Mrs Watson se fit meurtrier.

— Mais, enfin, qui aurait pu vous le voler? Qui avez-vous vu? Vos?

La question avait été posée sur un ton neutre. Impossible de deviner si Forstetner y avait mis une intention.

— Vos! dit Marjorie avec rage. Ah! si c'était lui. Mais je ne l'ai vu que quelques minutes.

Sans doute trouvait-elle inutile d'ajouter que, de trois à cinq, elle l'avait guetté, cachée dans le petit bois en face de la villa Satriano où elle savait qu'il déjeunait. Mais Mme Satriano avait une commode dont le pied avait cédé. Vos s'était offert à la réparer. Il n'était sorti qu'à six heures.

— Qui avez-vous vu encore?

— Je suis allée au thé d'Yvonne.

— Et puis?

Un vol chez une marquise? D'emblée, Forstetner écartait l'hypothèse.

— J'ai dîné au Tabù. Je suis rentrée, seule.

Ce n'était pas de sa faute, cependant. Au restaurant, elle avait rencontré Jacquot, seul à une table et qui, pensivement, se tortillait autour du nez une mèche de ses cheveux blonds. Elle l'avait invité. Au moment de l'addition, elle lui avait bien dit:

— Prenez dans mon sac de quoi payer.

Mais il avait refusé.

— Non, non, payez vous-même. Je tiens à ma réputation.

Ce souci de sa figure dans le siècle écartait de Jacquot les soupçons. Il faut ajouter que cette invitation n'avait servi à rien, Jacquot vers les dix heures ayant déclaré qu'il avait mal à la tête et qu'il rentrait se coucher. Capri n'est pas un bon endroit pour les femmes : on y manque d'hommes.

— Mon sac ne m'a pas quittée.

— Vous pouvez toujours porter plainte.

— Non, dit-elle.

— Pourquoi ?

— Si c'était Vos, tout de même ?

— Eh bien ?

— Je le tiendrais, alors.

Le petit visage gris et tiré de Marjorie avait eu, un moment, une expression sauvage. Forstetner la regardait. Derrière ses lunettes, ses petits yeux brillaient.

— C'est juste, dit-il.

Puis :

— Mais, Marjorie, un chèque n'est qu'un chèque. Faites bloquer votre compte.

— Quel compte ?

— Le vôtre. Pas le mien.

— Mais c'est un chèque circulaire, pas sur un compte.

— Eh bien ! alors, sans porter plainte, avertissez tout de suite la banque. Dites que vous l'avez perdu. On avisera les autres banques.

— Oui, dit-elle. Oui, c'est vrai. Mais, en attendant, pour vivre...?

— En attendant, vous faites un autre chèque.

— Oui.

— De toute façon...

— Oui, oui.

Elle avait l'air plus gaie.

— C'est vrai, un autre chèque...

— C'est tout simple.

— Oui.

Puis, plus vite :

— Mais mon compte était fini, Douglas. Je devais me faire envoyer de l'argent d'Amérique. Oui. Mais ça va me prendre quelques jours. En attendant, vous allez me prêter de quoi vivre. Pendant ces quelques jours. Vous me ferez ça, Douglas...

— C'est que...

— Vous êtes mon meilleur ami, ici.

— C'est vrai, ça?

— C'est vrai, Douggie. Je ne voudrais pas vous faire l'affront de demander ce service à un autre.

— Oh! ce ne serait pas un affront, marmonna Forstetner.

— À Vos, par exemple.

— Oh! Vos!...

Il eut un petit rire sec, prit son carnet, remplit un chèque.

— Cinquante mille, dit Marjorie d'un air déçu. Mon chèque était de cent cinquante.

Forstetner commençait à s'énerver.

— Ce n'est pas à moi à vous rembourser votre

chèque, Marjorie. Comprenez-moi bien. Je vous avance un peu d'argent, c'est tout.

Il était ennuyé, ça se voyait.

— C'est un petit service... Que je vous rends bien volontiers.

On n'aurait pas dit.

— Quand j'irai à New York, j'aurai aussi des services à vous demander.

— C'est vrai, dit Marjorie. À New York... Vous viendrez dans ma belle maison.

Elle se mit à rire. Elle était mieux quand elle riait. Dommage que ça ne lui arrivât pas plus souvent !

Quatre heures.

Il y avait un buisson de myrte. Sandra en prit une feuille, la froissa, tendit la main à Andrassy :

— Sens.

Il se pencha. Le poignet effleura ses lèvres. Il l'embrassa.

— Attention, dit-elle. On va nous voir.

Ils étaient assis. Devant eux, en contrebas, dans le prolongement de leurs jambes, les vignes, les potagers, les champs d'oliviers descendaient en gradins courts, parfois pas plus larges que deux enjambées. Une femme y travaillait, penchée, en jupe rouge. On ne voyait que son derrière, comme un gros dahlia. Au-delà, des gens longeaient le sentier qui mène à l'Arco naturale, une curiosité locale, une grande arche dans le roc, au bord de la mer. Au-dessus, un pan de montagne surmonté d'une villa vaguement moyenâgeuse, avec des meneaux. Et une autre en construction. Un ouvrier poussait sa brouette sur une planche. Malgré la distance, on la voyait plier.

— Un paysage, ça? dit Andrassy amer. C'est un boulevard!

Sandra s'étendait sur l'herbe sèche, qui sentait le caillou.

— Tu étais en retard aujourd'hui, dit-elle. Tu m'aimais moins?

Avec une expression un peu moqueuse, l'air de dire : «Bien entendu, je n'en crois pas un mot de ce fameux amour, mais puisqu'on en parle...»

— Ça te ferait de la peine?

— L'homme qui doit me faire de la peine n'est pas encore né, dit-elle avec assurance.

Il se pencha sur elle.

— Tu le sais bien, que je t'aime.

— Alors, il faut vivre autrement, dit-elle.

Mais Andrassy ne faisait pas attention à ce qu'elle disait. Il se penchait. Et elle regardait ce visage qui descendait vers elle, ce visage un peu gros, le menton assez fort.

— Non...

Mais leurs lèvres déjà se joignaient. Puis Andrassy releva la tête. Sandra toucha ses lèvres, à elle, du bout des doigts. Elle avait une expression anxieuse, un peu triste.

— Moi, je t'aime, dit-elle.

Elle leva la main, caressa le cou d'Andrassy, doucement.

— Nous partirons, n'est-ce pas? Nous quitterons cette île?

— Oui, dit Andrassy.

Et il y eut leurs lèvres encore, leurs lèvres qui déjà avaient changé, plus souples, plus tendres, qui déjà se reconnaissaient. Puis les lèvres de Sandra bougèrent, essayèrent de se dégager.

— Attention...

À trois mètres d'eux, un chasseur de cailles progressait lentement, le fusil sous le bras, étouffant le bruit de ses pas — non pour eux, s'entend, pour les cailles. Andrassy, furieux, prit un caillou, le jeta dans un buisson. Le chasseur sursauta, mit la main à sa carabine. Andrassy haussa les épaules.

— Où trouverons-nous donc un endroit désert?

— Nulle part... dit Sandra. Nulle part dans cette île.

Elle ne disait jamais : Capri. Elle disait : cette île — et, chaque fois, avec ce même accent de rancune.

— Il faudra que nous partions, dit-elle encore.

— Partons! dit Andrassy en se levant.

— Non... je voulais dire : partir de cette île.

— Ah! Oui, bien entendu... dit Andrassy qui, visiblement, pensait à autre chose.

Il y tenait cependant à ses rendez-vous. Mais il y avait ces regards, ces regards partout, homme à fusil, femme à jupe, femme à sécateur, Forstetner, Mme Braccone, tous ces regards. Qui rongeaient son plaisir, qui le traversaient de part en part, qui l'effritaient de partout à la fois. Il était resté debout. Sandra le regardait.

— Eh bien ! partons, alors ! dit-elle.

Elle s'était levée. À cent mètres en dessous d'eux, la mer, sans un pli, sans une ride, bleue au large, verte sur les bords, transparente, les rochers dans l'eau comme de gros œufs pâles. Au-delà, si nette qu'on avait l'impression de pouvoir la toucher, la côte de Sorrente, sa pente forte et trapue, son profil de sphinx qui repose dans l'eau, ses vignes, ses oliviers.

— C'est là qu'Ulysse... dit Andrassy.

Mais sa phrase lui parut dérisoire et il s'arrêta. Sandra avait glissé sa main sous son bras. Son bras à lui, nu sous le retroussis de la manche. Son bras à elle, si frais. Ils reprirent le sentier qui longe les potagers.

— Nous devons nous quitter ici, dit Andrassy.

Il y avait déjà des villas. Ils n'osaient plus s'embrasser. Et se donner la main, ça n'allait pas. Ils se détachèrent, maladroitement.

— Je vais en avant, dit-elle.

Elle s'éloignait.

Andrassy immobile.

Cinq heures.

Le vieux cocher Flavio leva vers le campanile un regard las.

— Cinq heures, dit-il.

Il avait parlé entre haut et bas. Son cheval cependant frémit et on vit trembler la plume jaune qu'il portait sur la tête.

— Un seul client, dit Flavio à l'intention du cocher à tête de Turc dont la voiture était rangée à côté de la sienne. Trois cents lires. Un kilo et demi de pâtes.

— Hè!... dit la tête de Turc.

Même à l'attente, Flavio reste sur son siège, correct. De temps en temps, il descend, prend son plumeau, époussette la voiture. La tête de Turc, lui, se vautrait nonchalamment sur les coussins arrière. Eh! il le pouvait, lui! Il n'a qu'un fils, déjà garçon d'étage dans un hôtel. Sa femme fait des ménages. Alors, clients ou pas clients... Aussi a-t-il un beau rase-pet taillé dans une couverture. Flavio, lui, a six enfants en bas âge.

— Trois cents lires. Et hier, rien. Et le cheval? À moins de soixante lires, tu ne peux pas nourrir un cheval.

— Hè!... dit la tête de Turc.

Flavio se pencha, assena une tape sur la croupe de son cheval.

— Hé, Garibaldi!

Puis :

— Toutes ces automobiles! Il paraît qu'il va encore y en avoir six de plus. Et nous?

— C'est la liberté, dit la tête de Turc avec une ironie infinie. La république !

— Et la beauté de l'île? Quand tu descends en automobile, tu n'as le temps de rien voir. Mais les gens, ça leur est égal.

— Hè!... dit la tête de Turc.

L'île ne compte que trois routes et encore sont-elles assez courtes. Pour le reste, ce ne sont que ruelles et sentiers. Jadis, il n'y avait guère que les voitures à cheval. Maintenant, outre les autobus, il y a une trentaine de taxis, plus rapides, un peu plus chers, mais embarquant plus de monde. Aussi les voitures à cheval n'ont-elles presque plus de clients. Sur son siège, souvent Flavio attend en vain. Et six enfants! Avec six enfants, sa femme ne peut pas travailler au-dehors. Bien des fois, le soir, en remontant vers Anacapri où il habite, les essieux grinçants, un paysage illustre sous les yeux, de Sorrente au cap Misène, Flavio se demande avec angoisse de quoi demain sera fait. Voir Naples et puis mourir, disent les gens. De faim?

Parfois, il est vrai, Flavio reprend courage. Sa vieille âme est légère. Un rien la soulève. À cinq heures vingt, un petit couple indécis est sorti de la place, un jeune homme à lunettes, le veston sous le bras, une femme en robe à fleurs. Et indécis, tous les deux. Or, les cochers flairent l'indécision à cent pas. La moindre hésitation de la démarche, le moindre regard échangé et c'est une brèche, une brèche par où se rue le cocher, le cocher tout entier et son arroi, son chapeau et son paletot, son cheval et sa voiture, ses grelots et ses invites. Le couple renâcle, hésite.

— Attention! dit la femme en anglais. Fixe le prix.

— Mais, tu crois...

— Oncle Edouard a dit...

Toutes les familles bourgeoises et dans tous les pays se transmettent ainsi, d'âge en âge, concernant l'Italie, quelques directives d'utilité inégale.

— *No* prendre *much money*, disait Flavio.

— *Quanto ?* dit l'indécis.

Dans sa fureur à ne pas se faire rouler, cette mystique du voyageur contemporain, il en oubliait de préciser où il voulait aller.

— Trois cents lires, dit Flavio qui ne s'embarrassait pas de ces vétilles.

— Deux cent cinquante, dit aussitôt la femme.

Ils sont inouïs, parfois, les touristes. Que, dans un restaurant un peu doré, un maître d'hôtel à glabre faciès leur présente une addition de trois mille lires et ils n'osent rien dire. Loin de protester, ils se demandent encore s'ils n'ont pas laissé un insuffisant pourboire. Mais qu'un pauvre homme de cocher leur parle de trois cents lires et ils sont là à s'agiter, prêts à mordre.

— Prix officiel, dit Flavio.

— Il dit que c'est le prix officiel, dit le mari.

— Alors...

— Hep, Garibaldi ! dit Flavio.

Et, tourné vers ses clients, le regard moqueur :

— Il s'appelle Garibaldi.

Le trait, il le savait, généralement déridait le client. Mais le mari crut sans doute que Flavio lui indiquait quelque curiosité et il regarda autour de lui avec un sourire complaisant. La voiture roulait bon train.

— Marina Piccola, dit la femme.

— Wi, wi, médème, dit Flavio. Puis, nous aller Anacapri.

— Non, non ! dit le mari avec terreur. Marina Piccola.

— Anacapri, la villa San Michèle, le docteur Munthe, intéressant, beau souvenir.

— Non, non.

— Le matin, Marina Piccola. Après-midi, Anacapri. Demain, Marina Grande. Moi conduire partout.

Retourné sur son siège, Flavio couvait ses deux clients avec le bon regard de l'ogre qui vient de trouver le Petit Poucet et ses frères.

— *For all*, mille lires.

Le mari hésitait. Le prix de gros a des magies. Mais la femme intervenait.

— Non. Ce matin, Marina Piccola.

La voiture entamait la descente de la Petite Marine. À droite, les falaises ocres et roses du mont Solaro. À gauche, les oliviers, la mer.

Garibaldi trottait sec, avec de courtes fiertés de poitrail, la plume jaune dans le vent. Et Flavio, à tue-tête, se mit à chanter *Funiculi Funicola*. Le mari indécis et la femme grimaude souffraient. Ils auraient préféré admirer en silence, mais ils appartenaient à cette race plaintive et misérable où l'on querelle sur les prix, mais où on n'oserait pas dire à un guide de passer une salle qui vous embête. Et Flavio souffrait aussi. Après un moment de bonne humeur, ses soucis lui revenaient, ses enfants, sa femme qui se plaignait de ses reins. Et il lui fallait encore chanter ! Les touristes sont si étranges. Il en est que ça amuse de se faire véhiculer par un cocher qui chante. Ça fait un souvenir. Le clair de lune ! Le cocher qui chantait une vieille chanson napolitaine ! Ces Italiens sont musiciens dans l'âme ! En fait, il était cinq heures et demie et le cocher chantait faux et il pensait à autre chose. Le cheval hennissait et un peu de sa salive arrivait sur le visage de l'épouse qui, de dégoût, rentrait ses lèvres déjà si étroites. Ou, du derrière, il imitait le bruit que font avec leur bouche certains professeurs, certains chanoines lorsqu'ils sont gros et que quelque chose ne les convainc pas.

Six heures.

De midi à quatre heures, le beau Cetrilli était resté sur la plage et dans l'eau, à s'ébrouer, à faire des effets de torse, à hennir, une goutte d'eau au bout de chaque cil.

— J'aime les sportifs, avait dit Laura Missi.

Bon, il avait fait le sportif.

Il avait déjeuné avec elle. Vers quatre heures, il était remonté, était rentré chez lui — il habitait un petit appartement au premier étage d'une villa — et avait fait une sieste. Après quoi, en pantoufles et vieux pantalon, il était descendu dans la cuisine. Il aimait traînasser, comme ça, en négligé. Il en profitait pour bricoler, réparer une lampe ou la planche du vatère. Ou il vérifiait les comptes, les provisions.

— Les beefsteacks sont trop chers. Prends plutôt du foie. C'est aussi bon.

Sa cuisinière était une femme dans les quarante-cinq ans, le visage honnête, mais vraie rustaude, taillée à la serpe, les joues rugueuses, tachetées de points noirs, la taille informe.

— Il n'y en a pas toujours, du foie.

Il s'était assis devant la table où attendait la pâte jaune des tagliatelles. La cuisinière déposait devant lui une tasse de café au lait.

— Ah, ma vieille! dit-il avec abandon.

Et, d'un bras, toujours assis, il lui ceinturait les hanches.

— Gros cochon, dit-elle flatteusement.

Il eut son beau hennissement et leva vers le visage tavelé ses traits parfaits.

— Gros cochon, répéta-t-elle d'une voix liquide.

— Viens! dit-il.

Il se leva, souleva la jupe de la cuisinière, plaqua sa main sur son énorme derrière et, tandis qu'elle s'essuyait les mains à son tablier, ils passèrent dans la chambre a coucher.

C'était ainsi que le beau Cetrilli gardait pour les autres femmes ce parfait sang-froid qui, selon lui, devait les affoler plus sûrement que les plus fatigantes prouesses.

Sept heures.

Mme Satriano revenait de la place. Elle entra dans le salon. Forstetner et Andrassy s'y trouvaient.

— Voici, dit-elle en tendant à Andrassy un paquet. C'est un maillot de bain. J'ai pensé que pour un jeune garçon comme vous...

Elle eut un regard courageux vers Forstetner.

— Les bains sont très bons à votre âge.

— Oh! merci, madame.

— J'espère que j'ai bien deviné vos mesures.

Et elle rougit violemment.

— N'est-ce pas? C'était...

Elle tourna les talons, gagna sa chambre.

Il y avait la lune.

Les maisons peintes de lune.

Les ombres fortes.

Et Vos et Marjorie Watson et le comte Tannen-furt, ancien chambellan de Guillaume II.

Vos très long, Tannenfurt avec ses deux mètres et sa largeur en proportion, Marjorie entre les deux, comme une petite fille.

— Voilà, dit Vos.

Il ouvrit la grille de la villa Watson, s'effaça, tendit sa longue joue pour un baiser fraternel.

— *Good night!* dit-il.

Et Tannenfurt salua à l'allemande, roidement.

— Stanny! dit Marjorie.

Sous la lune, Vos tourna vers elle un visage ouvert comme un point d'interrogation.

— Stanny, reste encore un moment avec moi.

— Mais, dit Vos, je remonte avec...

Il désignait Tannenfurt.

— Oh! comte, dit Marjorie de sa voix la plus mondaine, vous ne voulez pas me le laisser? Je dois lui parler.

De la main, Tannenfurt fit un geste timide, comme pour dire que non, qu'il n'entrait pas en ligne de compte, qu'on était trop bon de demander son avis. Et un rire embarrassé descendit du haut de ses deux mètres.

— Bien ! dit Vos sans même avoir l'attention de ne pas soupirer. Bonsoir, mon vieuil, dit-il à Tannenfurt qui remua un peu ses pieds avant de refaire son salut à angle obtus.

— Marjorie, reprit Vos, mais tu es impossible ! Je n'ai rien voulu dire devant Tannenfurt, mais vraiment ! Que va-t-il penser ? Et je devrai faire la route tout seul, maintenant, acheva-t-il sur un ton plaintif.

— Tu n'as qu'à rester jusqu'à demain matin.

Cependant, au premier détour du chemin, Tannenfurt secouait douloureusement la tête.

— *Ach !* j'aurais dû dire quelque chose, marmonna-t-il.

Et il articula soigneusement :

— Matame, si Vos ne préfère à moi jamais que de si cholies femmes, nous resterons toujours pons amis.

Il secoua encore la tête, accablé.

— Non ! disait Vos dans le jardin.

Mrs Watson essayait de l'entraîner :

— Reste avec moi, Stanny. C'est si triste, la nuit.

— Mais je ne peux pas...

— Tu as bien pu une fois.

— C'était pour rire, dit Vos fermement.

— Pour rire ?

Marjorie en avait lâché son bras.

156

— Enfin, c'était une fois. Une fois, c'est autre chose.

— Ce n'était pas agréable?

— Oh!... dit Vos en levant les bras.

Et, à très haute voix :

— Oui, c'était agréable. Mais je ne veux pas rester.

— Mais pourquoi? Est-ce si difficile?

Difficile? Vos, un moment, eut l'air de se demander si c'était difficile.

— Non, reprit-il plus calmement. Je ne peux pas. Tout le monde le saura. On sait toujours tout, ici. Et on dira que je suis ton gigolo. Tu as trop d'argent, Marjorie, ce n'est pas de ta faute, chou.

Le ton du grand frère.

— Mais on dira que je suis ton gigolo, tu comprends. Le pauvre Vos. Et toi, avec toute ta galette... Et même tu auras envie de m'en donner. Et ça, je ne veux pas!

Ils étaient arrivés devant la maison, au-dessus de la citerne. Il y avait une aire de ciment, vide et pâle sous la lune, et que coupait l'ombre d'un palmier.

— Parce que j'ai trop d'argent, dit Marjorie.

Et elle se mit à rire, de ce rire d'enfant malade qu'elle avait si souvent, sans joie.

— Je n'ai pas trop d'argent, Stanny. On m'a volé mon chèque.

— Allons, allons... tu l'as perdu.

— ... Ou je l'ai perdu. Mais je ne l'ai plus. Et c'était le dernier, Stanny.

— Ton dernier quoi, chou?

— Mais, mon dernier chèque!

Elle criait.

— Mon dernier chèque. Après ça, je n'en ai plus. Je n'en avais plus qu'un seul et il est parti.

— Qu'est-ce que tu racontes?

— Je raconte que je n'ai plus d'argent, plus un sou, plus rien, tu ne peux pas comprendre?

D'un geste excédé, Vos envoya sa longue main au bout de son long bras pour désigner la maison, le jardin.

— Mais tu vis ici, tu paies, tu as la villa...

— Pour quelques jours, Stanny! Je n'en ai plus que pour quelques jours. Stanny, Stanny!

Elle sanglotait. Vos la prit dans ses bras.

— Mon chou, mon pauvre chou, mais je ne comprends pas. Tu ne dois pas te frapper comme ça parce qu'on t'a volé un chèque. Tu feras venir de l'argent d'Amérique.

— Je n'ai plus rien en Amérique.

— Et ton appartement de New York?

— Je n'ai jamais été à New York. J'habitais Boulder. Boulder, Stanny.

Elle sanglota encore plus fort. Elle était contre lui, le visage écrasé contre le pull-over de Vos, accrochée à lui, trop petite, ses bras autour de sa poitrine.

— Mais qu'est-ce que c'est, Boulder?

— Une ville, Stanny. Une toute petite ville. Quand mon mari est mort, j'ai pris tout l'argent qui restait, je suis partie, je voulais vivre, Stanny, vivre vraiment, une villa, des domestiques... et l'amour. Un an seulement. J'avais calculé que je

pouvais vivre ainsi un an... Et puis, tout quitter...
Stanny !

— Mais tu n'as vraiment plus rien?

— Plus rien, Stanny. Méchant, pourquoi est-
ce que je ne t'ai pas connu tout de suite?... Tous
ces hommes, tous ces hommes qui n'ont servi à
rien. Maintenant, il n'y a plus que quelques
jours.

Elle se serra encore plus fort contre lui, frotta
son visage contre le pull-over, avec rage.

— Quelques jours, Stanny. Pourquoi ne veux-tu
pas me donner quelques jours? Sans toi, je n'aurai rien eu, rien du tout. Dans quelques jours, tout
sera fini...

Vos recula un peu, lui prit le menton, leva vers
lui la petite figure luisante de larmes.

— Quoi fini? Qu'est-ce que tu vas faire?

Elle le regardait. Il avait une moitié de son visage
dans l'ombre, l'autre dans la clarté de la lune. Et
l'air si innocent. Avec ses gros mots, Vos avait parfois encore l'air d'un enfant.

— Je partirai, dit-elle.

— Où?

— Je retournerai à Boulder.

Le visage de Vos était toujours penché sur elle,
inquiet, perplexe.

— J'ai un travail là-bas. Je le reprendrai. Je pen-
serai à toi.

Elle se dégagea, prit son mouchoir, se moucha.

— J'ai déjà mon billet pour le bateau.

— Mon pauvre chou, dit Vos, ce sera dur...

— Mais non, dit-elle.

Brusquement, Vos la prit par le bras.

— Alors, viens... dit-il.

— Une lettre par exprès, monsieur, dit l'huissier. Le conseiller d'ambassade accueillit la diversion avec sympathie, prit l'enveloppe. Elle était vulgaire et l'adresse écrite tout de travers. Le conseiller regarda au dos. Le nom de l'expéditeur s'y trouvait : Lady Ambersford. D'assez nulle qu'elle était, l'expression du conseiller se fit révérencieuse. Tout le monde cependant la savait ruinée, Bessie Ambersford ; mais c'est ça qu'il y a de beau chez les Anglais : ruine ou pas, le nom reste. Le conseiller prit un coupe-papier, ouvrit l'enveloppe.

«Cher Ronny,

disait la lettre,

«C'est encore moi, et c'est encore pour vous demander un service. J'ai l'intention de venir dans quelques jours à Rome pour des achats, mais je suis *terriblement* effrayée de faire le voyage avec mon argent, car je ne suis plus à l'âge où l'on trouve de galants cavaliers pour vous défendre, et surtout en passant dans ce *terrible* Naples où l'on vole si facilement, surtout les pauvres vieilles dames, comme vous savez ce qui est arrivé à notre chère Margaret. C'est pourquoi je vous envoie le chèque ci-joint de cent cinquante mille lires en vous priant de le faire toucher pour moi à la banque, et je viendrai, dès mon arrivée (je pense mardi), prendre la somme chez vous, ce qui me donnera le plaisir de revoir la bien chère Olivia et le bien cher Bobby.

« Vous êtes *très* gentil.

« Je vais très bien, ainsi que la chère Marianne, toujours aussi gaie et bonne.

« Merci. »

— Chère vieille personne, dit le conseiller.

Il prit le chèque, sortit de son bureau, en gagna un autre où siégeait un homme à fortes moustaches rousses.

— Oh ! lui dit-il, mon cher, en allant demain à la banque, voudriez-vous toucher ce chèque pour moi. C'est pour ma vieille amie, Bessie Ambersford...

— Lady Ambersford, naturellement, commenta l'homme aux moustaches.

— Pauvre chère, elle a peur de voyager avec ce chèque. Elle viendra prendre l'argent chez moi. Elle est un peu maniaque.

— On ne saurait être trop prudent, dit le roussâtre.

Il cita un cas, arrivé à un de ses amis. Le conseiller écouta l'anecdote avec un plaisir visible. Il faisait chaud. Par la fenêtre ouverte entrait, impérieux, décourageant, l'atroce chahut de la rue romaine.

Mer. Ô flot ! Onde ! Eau si lisse et si bleue, tranquille. Ô hospitalière !

Un petit garçon courait vers toi ce matin, demi-nu déjà et les cheveux paille et le maillot au poing.

Il descendait en courant le sentier en escalier et ses pieds nus claquaient sur les pierres — comme chez le boucher le plat du hachoir sur l'escalope.

Et déjà, il criait :

— La mer ! La mer !

Et les grands aussi se hâtaient, moins vite bien sûr, on n'a plus douze ans, mais également impatients, pris de la même fièvre, le visage déjà tourné vers la mer, vers sa fraîcheur, vers sa saveur, les uns à pied le long de l'escalier qui fait le raccourci, les autres dans les automobiles qui glissaient comme des billes, moteur éteint, dans le coulant de la route en lacets.

— Mon grand ! dit Marjorie Watson.

Elle était avec Vos dans une automobile où, à part eux, il y avait encore sept autres personnes, dont Jacquot et les Adolfini. Vos s'était assis sur le dossier de la dernière banquette, là où la capote repliée faisait un bourrelet, et Marjorie lui tenait les jambes, d'un bras, bien serrées.

— Fais attention, ne tombe pas.

Elle enlevait son chapeau de péon, levait vers Vos son visage dont les grosses lunettes noires n'arrivaient pas à cacher l'expression à la fois gourmande et comblée.

— T'en fais pas, dit Vos.

Et Marjorie, sans faire attention à personne, frottait sa joue contre le genou lisse de Vos, serrait plus fort ses longues jambes nues.

Andrassy, lui, descendait par l'escalier, son

maillot à la main. Vert d'eau, le maillot. Et un peu plus haut, sur le même escalier, il y avait aussi lady Ambersford et lady Noakes. La peur de glisser avait, pour une fois, vaincu leur inimitié. Elles se tenaient par le bras. Mais lady Noakes n'en avait pas pour autant renoncé à faire des remarques.

— Allons ! tenez vos pieds un peu plus droit. Vous avez encore manqué me faire tomber.

Et cependant, lady Noakes devait en convenir, Bessie avait l'air de s'améliorer. Oh ! ce n'était pas qu'elle fût devenue plus propre ou plus ordonnée, mais au moins, depuis quelques jours, avait-elle cessé de voler. C'était quelque chose. La veille encore, lady Noakes avait tenté l'expérience de laisser traîner son sac. Elle l'avait retrouvé intact. C'était un résultat. Lady Noakes l'attribuait à l'acrimonie et à la persévérance de ses reproches. Il avait fallu le temps. Depuis quinze ans qu'elles vivaient ensemble, presque seize. Depuis Arcachon. Une si longue liaison avait même provoqué des commentaires — qui n'avaient pas toujours été calomnieux. L'ennui maintenant, c'était cette idée de voyage à Rome que Bessie s'était fourrée dans la tête.

— Mais pourquoi ? Qu'est-ce que vous voulez aller faire à Rome ?

— Des achats, Marianne.

— Des achats ! Avec quoi, pauvre idiote ?

— Oh ! Marianne...

— Ne gémissez pas comme ça. Vous m'énervez. En tout cas, ne comptez pas sur moi. Je ne me sens pas si bien, ces jours-ci. Avec ce bateau à sept heures du matin.

— Mais j'irai bien seule, Marianne. Je ne suis pas encore gâteuse.

— Vous êtes pire que gâteuse, ma pauvre vieille.

Lady Noakes hésitait, prise entre sa curiosité, son besoin de tyranniser Bessie, sa manie de s'occuper de ses affaires, les frais du voyage et la haine qu'elle éprouvait pour ce bateau de sept heures.

— On m'y reprendra à aller me fourrer dans une île !

— J'ai Ronny, à Rome, et sa femme.

— Si vous croyez qu'ils tiennent à vous voir !

— Je ne resterai qu'un jour ou deux.

— Vous vous ferez écraser, gourde comme vous êtes.

« Merde ! se dit Andrassy, j'aurais dû garder mes sandales ! »

En slip, le corps trop pâle pour le décor, les pieds nus, il cheminait difficultueusement sur les galets de la plage. Ça faisait mal. Il se contorsionnait.

« Je dois avoir l'air d'un... »

— Hello !

Il se retourna. C'était la jeune femme en rose, comment déjà ? Mafalda.

— Bonjour, dit-elle.

Elle était en maillot aussi. C'était drôle de se revoir ainsi, presque nus. Mais elle n'avait pas l'air d'y penser. Son regard était droit, net comme l'ardoise, la même matière que l'ardoise.

— Vous n'êtes toujours pas venu nous voir.

Andrassy bafouilla.

— Vous préférez le genre noceur ?

— Moi ?...

Elle s'était remise à marcher. À l'aise, elle. Avec ses sandales. Andrassy la suivait en trébuchant. Elle portait un deux-pièces, bleu, d'un bleu-lin. Et tout son corps déjà bien hâlé.

— Allons ! venez... dit-elle.

Elle lui prit la main, l'entraîna vers l'eau. D'un élan, le corps tendu, elle se jetait dans la mer. Et elle se retourna, la tête en arrière. Elle n'avait plus du tout le même visage. Avec ses longs cheveux derrière elle, plus noirs, lisses, comme ces belles torsades du chocolat lorsqu'il sort des machines. Andrassy avança d'un pas, hésita. Mafalda leva le bras. Andrassy piqua dans l'eau. Et il y eut le plaisir, immédiat, sans un frisson, sans une fissure. L'eau déjà l'emportait dans sa caresse fraîche et sûre. Il émergea, secoua la tête, se mit à rire.

Et le beau Cetrilli passait comme un train, dans un crawl impeccable, les pieds bouillonnant, tandis que, les chevilles tordues sur les galets, un enfant à chaque main, la gouvernante derrière elle, Laura Missi le regardait.

— Cette eau, dit Mafalda. Quel miracle ! On a beau le savoir, on ne s'y habitue pas.

Elle était là, dans l'eau, comme chez elle, bougeant à peine, ses cheveux autour d'elle. D'un long mouvement coulant, elle se remit à nager, effleura Andrassy.

— Une course jusqu'au bord ?

Ils se mirent à nager avec force, Andrassy en

soufflant, elle très à l'aise. Il avait réussi à prendre un peu d'avance, mais déjà Mafalda le rattrapait. Il entendait son petit souffle rieur. Elle le dépassait. Andrassy faisait un dernier effort, ses mains touchèrent les galets du bord. Elle était déjà debout, lui à ses pieds, roulé dans l'eau, essoufflés tous les deux, riant. Et Cetrilli revenait, prenait un des deux enfants de Laura, l'aîné, le juchait sur ses épaules, avançait dans l'eau. Le petit se cramponnait à ses cheveux et frémissait. Et Jacquot trempait son pied dans l'eau avec des mines et, autour de sa cheville, il y avait une petite chaîne d'or, et le prince Adolfini regardait la petite chaîne d'or, et la princesse Adolfini, mollement, faisait la planche. Elle était moulue. Encore une fameuse partie, cette nuit. Ce Jacquot était merveilleux.

Et Vos...

— Reste au bord, lui criait Marjorie. Je n'ose pas aller si loin.

Mais Vos piquait vers le large, d'une brasse lente, aisée, son long corps marron à la surface de l'eau.

On se retrouva tous sur les planches. La Marina Piccola, c'est une pincée de maisons blanches, une petite chapelle au milieu et, de part et d'autre, deux plages étroites, bordées de cabines devant lesquelles, à une certaine hauteur, on a mis des planches et, dessus, des transatlantiques. Mais Mafalda n'aimait pas les transatlantiques. Elle s'étendit à même les planches et Andrassy s'étendit à côté d'elle. Puis Marjorie les a rejoints.

— Je ne sais pas où a passé Stanny. Il va toujours si loin.

Elle en parlait comme d'un petit garçon qu'elle aurait eu, un peu difficile.

Et Satriano, venu faire un tour, l'air de Louis XIV à Versailles, disait son mot aux marins, au loueur de cabines.

— Dis, ta clôture ne tient plus. Tu devrais la faire arranger.

Le soleil tombait comme une claque. Jacquot s'étendait sur les planches, poussait de petits cris : il y avait une esquille, c'était râpeux, oh! la, la! c'est que je suis un type dans le genre de Landru, moi, j'ai la peau lisse au derrière (et de rire, de son rire pointu).

— Attends, je vais te chercher un coussin, dit Adolfini.

— Non, moi, dit sa femme.

Mafalda eut un rire léger, comme pour elle-même. Allongé près d'elle, les yeux fermés, Andrassy se laissait aller, s'engourdissait. Chercher, chercher, pourquoi chercher ? Tout lui apparaissait soudain incroyablement dénué d'importance. Forstetner, Sandra, fantômes un instant entrevus et qui déjà fondaient. Une autre vérité cheminait sur ces planches brûlantes. Posé à la limite du temps et de l'espace, de l'être et du néant, un moment lentement se dissolvait dans l'azur — et avec lui tous ces corps étendus, abandonnés, voguant à la dérive, si près de sombrer. Bessie Ambersford somnolait dans son transatlantique, l'air d'un gros tas de rideaux bariolés. Un

167

jeune Anglais faisait des frais pour elle. À cause de son nom, on peut imaginer, parce que sinon...

— Quel imbécile ! disait lady Noakes sans même baisser la voix.

— Vous m'offrez une orangeade ? dit Bessie.

— Oh ! certainement.

L'Anglais se penchait, lui tendait le bras. Elle n'aimait pas l'orangeade cependant mais, au petit comptoir installé sur les planches, on ne vendait rien d'autre, et Bessie n'aimait pas laisser se gaspiller les bonnes volontés. L'Anglais tendait mille lires. Pour lui rendre la monnaie, l'homme du comptoir ouvrait son tiroir où étaient aussi rangés les montres, bracelets, portefeuilles à lui confiés par les baigneurs.

— Oh ! dit Bessie.

Penchée sur le comptoir, elle écartait la main de l'homme, regardait dans le tiroir.

Andrassy se leva. Un peu étourdi, la tête vide, il regarda autour de lui, les galets, la mer, bleue sur les bords mais qui, vers l'horizon, se plombait, comme ces plateaux d'étain qu'il y avait, jadis, dans les saloons de l'Alaska, au temps des pionniers. Et sur les planches, les femmes, les hommes, étendus, les membres épars, crucifiés dérisoires — et le soleil énorme, à genoux, du fond de son ciel, leur clouait dans les mains ses gros rayons jaunes.

Andrassy revenait rapidement.

Il avait cette fois retrouvé Sandra assez près de

la villa Satriano, derrière les vignes qui la sur-
plombent, et il en avait profité pour s'attarder avec
elle. Pour s'attarder trop. Il était parti depuis près
de deux heures. Forstetner devait certainement
s'en être aperçu. Andrassy accéléra encore le pas,
gravit l'escalier qui mène au jardin. Paf! Forstetner était là, devant les zinnias, disposé dans un
transatlantique, des journaux autour de lui, terne
et gris au milieu des fleurs, comme une bobine de
fil, comme un vieux tricot.

— Ah! te voilà! dit-il.

Il se leva, prit Andrassy par le bras, rudement.

— Allons dans ma chambre!

Et à peine entrés, malgré la fenêtre ouverte de
plain-pied sur le jardin (une rose, toute seule, parfaite, dans l'embrasure) :

— D'où viens-tu?

— J'ai fait une promenade, dit Andrassy.

— Une promenade!

Forstetner avait gardé son panama rabattu sur le
front. En dessous, ses yeux gris brillaient. La
chambre était toute claire. Le grand flot blanc de
la moustiquaire tombait du plafond bombé.

— Une promenade!

D'une voix où se retrouvaient, mêlés, de vieilles
rancunes et le plaisir de pouvoir enfin les assouvir.
Il approcha encore plus près d'Andrassy.

— Petit salaud! Je t'avais prévenu.

Lui tout habillé, terne, tout gris, à côté de ce
grand garçon sombre en chemise bleu foncé et
shorts de toile.

— Hein, tu ne diras pas que je ne t'ai pas prévenu?

— Mais, Douglas, je vous assure...

— Et il m'assure! Tu fais des promenades,
hein? Jolies promenades. Avec des petites bonnes
femmes.

— Non.

— Imbécile, où te crois-tu donc? Dans le
désert?

Une haleine surette, comme du vin oublié dans
une carafe et où il y a des mouches.

— Capri, mon bonhomme. Et tu crois qu'il y a
moyen de se promener avec des bonnes femmes
sans qu'on le sache? Ici?

On aurait dit qu'un moment le plaisir de révé-
ler une particularité locale l'emportait sur sa
colère. Mais la colère revenait.

— Je t'avais interdit. Interdit!

La voix s'étranglait.

— Moi qui étais assez bête pour te faire
confiance.

Ou, par moments, elle crissait, comme le bois
sous l'ongle. Forstetner s'approchait encore, reni-
flait avec dégoût, son gros nez rouge tout crispé.

— Tu pues la femme!

— Ce n'est pas vrai!

Sandra qui ne portait pas l'ombre de parfum,
qui sentait tout au plus le pain, la lessive.

— Comment, ce n'est pas vrai! Je le sais. Je le
saurai toujours.

Son visage reflétait une véritable haine.
Andrassy n'arrivait pas à comprendre.

— Est-ce vrai, oui ou non ?

— Oui, dit Andrassy.

Forstetner haussa encore le visage.

— Petit salaud !

Et sa main empoigna la chemise d'Andrassy.

— Assez ! dit Andrassy.

Il lui avait pris le poignet, voulait le rabattre, mais Forstetner tenait bon. Et ils restèrent ainsi, tout près l'un de l'autre, la main de l'un tenant le poignet de l'autre, les petits yeux gris de Forstetner, son visage plissé, les gros sourcils d'Andrassy.

— Je vous interdis de m'insulter, dit Andrassy.

Forstetner ne bougeait plus. On entendait sa respiration, plus courte que d'habitude, un peu haletante.

— C'était notre contrat, dit-il enfin plus calmement. Tu avais promis.

— J'ai eu tort de promettre.

— Ah ! tu avoues !

— Je n'avoue rien du tout. Mais je veux savoir pourquoi vous m'avez imposé cette condition.

Forstetner avait enfin lâché la chemise. Il se détourna, bredouilla quelque chose.

— Quoi ?

Forstetner reprit, mais à peine plus haut :

— Je ne veux pas être ridicule.

Andrassy s'arrêta, saisi. Il y avait eu dans la voix de Forstetner, dans son expression, dans ce visage à demi détourné, quelque chose qui ressemblait à une souffrance, une souffrance brûlante, honteuse et suppliante.

— Mais, Douglas... dit Andrassy lentement.

Forstetner leva les yeux. Il avait toujours cette expression de prière.

— Je ne comprends pas comment...

Il y eut des pas dans le couloir. On frappa à la porte.

— Qu'est-ce que c'est ? demanda Forstetner en retrouvant immédiatement son ton hargneux.

— La princesse San Giovanni vous demande au téléphone, monsieur.

— Je viens, je viens.

Souffrance et supplication avaient déjà disparu. Il ne restait plus qu'un petit vieux avec une expression de satisfaction puérile.

— La princesse, tu vois, dit-il à Andrassy.

Qu'y avait-il à voir ? La main sur la poignée de la porte, Forstetner se retourna encore. Il avait repris son air hargneux et parlait en regardant par terre.

— Notre contrat est peut-être absurde, mais c'était un contrat. Tu étais libre de ne pas l'accepter.

J'étais libre ? Dans mon camp de concentration ?

— Tu m'as fait une promesse. J'exige que tu la tiennes.

Il ouvrit la porte.

— Ces petites bonnes femmes, marmonna-t-il. Ces sales petites bonnes femmes. Qui se foutent de toi. Et de moi.

La nuit.
Et leurs lèvres, enfin, se séparèrent.
— Je t'aime, dit Sandra.

Andrassy se pencha, appuya les lèvres contre son cou. Elle avait la tête rejetée en arrière. Son cou était dur et tendu. Andrassy mordit doucement. Elle eut un petit gémissement et sa tête tourna encore. Andrassy mordait plus loin, presque dans la nuque, à la naissance des cheveux.

— C'est bon, dit-elle. Encore.

Il mordait plus fort. Le corps de Sandra, sous le sien, se tendait. La nuque se dérobait, revenait.

— Sandra.

Ils étaient dans l'ombre, seuls, enfin perdus dans la nuit. Au-dessus d'eux, les grands pins parasols. À deux pas, l'ombre finissait et il y avait la clarté blanche de la lune, toute vide. À côté d'eux, comme un garde, un agave et ses coups de sabre immobiles.

— Mon amour...

Il n'y avait que les voix. Des voix péremptoires, plus fortes que nature, métalliques. Elles venaient du cinéma tout à côté. L'opérateur devait avoir ouvert sa cabine. On entendait les voix du film comme dans la salle, plus fortes même, plus fortes d'être ainsi seules à parler dans la nuit. Et dans les blancs, il y avait le bruissement régulier de l'appareil de projection. Ou des bruits : un moteur, une sirène, des rumeurs, comme d'une ville dans un trou.

— Je t'aime.

Ils étaient seuls, seuls sur leur bout de terrain caillouteux, Sandra sur le dos, Andrassy à demi étendu sur elle.

— Encore, dit-elle.

Tout à l'heure, après le dîner, Forstetner s'était attablé à ses échecs, avec Satriano. Alors, Andrassy :

— Je ne sais pas ce que j'ai. J'ai mal à la tête.

— C'est le temps, avait dit Mme Satriano. Voulez-vous un cachet ?

Et Forstetner :

— Prends un cachet.

— Non.

Andrassy était derrière Satriano, en face de Forstetner.

— Non, reprit-il. Je vais plutôt faire quelques pas.

Le buste en avant, penché sur ses échecs, Forstetner avait levé les yeux.

— C'est idiot, dit-il.

— Pourquoi ?

Ils se regardaient.

— Pourquoi ? avait repris Andrassy d'une voix agressive.

Le visage de Forstetner avait changé, lentement. Il y avait de nouveau eu comme une angoisse sur ses vieux traits ridés.

— Prends plutôt un cachet.

— Non. Une petite promenade me fera du bien.

Andrassy était sorti. Il savait que Sandra, ce soir-là, devait aller au cinéma, avec son amie.

— Mon amour.

— Nous vivrons ensemble, n'est-ce pas ? Toujours ?

— Oui, dit Andrassy.

Les grandes voix articulées du cinéma taillaient dans la nuit comme dans du drap.

— Jamais?

— Jamais.

Il l'avait guettée à quelques pas de chez elle. Les Rampollo habitaient du côté de l'église, dans une des ruelles à voûtes. Deux ou trois fois déjà, envoyé en ville par Forstetner, Andrassy s'était donné le plaisir de faire un détour pour passer devant la maison.

— Tu m'emmèneras, dis? Dans un autre endroit, où nous ne devrons plus nous cacher?

— Oui.

Dans la ruelle, il y avait un mur, puis une porte, toujours ouverte et qui donnait sur une cour étroite. Andrassy ralentissait. Il devait s'y forcer. Instinctivement au contraire, tant son cœur battait, il eût plutôt accéléré. Il jetait un coup d'œil dans la cour. Du linge y pendait au-dessus de trois pots de géraniums. De petites choses d'enfants, une chemise, des culottes roses, celles de Sandra peut-être.

— Mon amour...

— Je voudrais être toute seule avec toi.

— Mais tu es toute seule avec moi.

— Autrement.

Il l'avait attendue. Elle était sortie, avec son amie, toujours la même. Il s'était avancé.

— J'ai pu m'échapper.

Elle avait eu son sourire, ce grand sourire si franc, si clair, les yeux brillants.

— Va seule au cinéma, avait-elle dit à son amie.

C'était elle qui avait eu l'idée de venir dans le parc qu'on appelle «le jardin d'Auguste», et qui surplombe le cinéma.

— Nous ne serons jamais seuls dans cette île. Il faut que nous partions.

— Mais comment?

Elle passait la main le long de la poitrine d'Andrassy, sous sa chemise, légèrement, comme un cheminement d'oiseau.

— Nous pouvons travailler, tous les deux.

— Il faudrait toujours un peu d'argent pour commencer.

— Et tu n'en as pas?

— Non, dit Andrassy.

Elle haussa un peu la tête et, à son tour, le mordit dans le cou, — mais une vraie morsure, rageuse.

— Aïe, petite vampire!

Sa voix était gaie, à Andrassy. Celle de Sandra ne l'était pas. Elle parlait avec une sorte d'angoisse.

— Tu ne peux pas t'en faire prêter?

— De l'argent?

Le film devait toucher à sa fin. Une musique poignante débouchait dans le silence, qui serrait le cœur, une musique de mort, d'adieu. Un homme s'éloigne à jamais. Une femme se retourne une fois encore. On voit ses yeux pleins de larmes. Andrassy se pencha.

— Sandra...

— Mon grand, dit Marjorie Watson. Mon bonheur...

La chambre de Marjorie était obscure, sauf un

pan de lune en équerre sur le pavement, lisse et plat.

— Il y a des choses que je ne savais pas, dit-elle. Mon amour...

Sa voix était dans l'ombre. Elle parlait bas.

— Je t'aime, Stanny.

— Mais tu vas partir.

— Sans toi, ma vie aurait été comme si je n'étais jamais née.

— Mais tu veux vivre avec moi, n'est-ce pas? dit Sandra. Tu veux vivre avec moi? Dis la vérité.

— Je veux vivre avec toi.

— Et nous partirons?

— Un jour, nous partirons.

— Plus que quelques jours, Stanny, dit Marjorie. Plus que quelques jours.

Ce grand corps, ce grand corps près d'elle, si long, dans l'ombre. Elle se serra contre lui, se cramponna.

— Non, non, je ne veux pas te quitter.

— Mais j'irai te voir, chou. À Boulder.

Et Vos rit doucement. Cette idée de Boulder devait lui paraître comique.

— Non, dit Marjorie.

— Voilà les Américaines, dit Vos. À Capri, tout ce qu'on veut. Mais à Boulder, tu n'oserais pas me montrer. C'est du joli.

— Oh! Stanny.

— Ce n'est rien, chou.

Il l'entourait de son long bras fraternel.

— Je disais ça pour rire.

— Stanny, dit-elle.

D'une petite voix, une petite voix toute mince, étirée, comme une petite fille perdue dans le noir et qui a peur, qui a peur.

— Mon amour, mon amour, jamais tu ne sauras ce que tu m'as donné.

Et le visage contre cette grande poitrine, contre cette longue étendue de poitrine, elle se mit à pleurer.

— Marjorie !

— Je t'aime, je n'ai jamais aimé que toi.

— Tu reviendras l'année prochaine.

— Non.

— Comme tu veux, dit Vos.

— Mon amour, dit Sandra. Tu m'aimes ? Tu m'aimes vraiment ?

— Oui.

— Parce que si tu ne m'aimais pas...

Le lendemain fut une journée molle. Régnait le sirocco, le vent africain, tiède comme un potage, décourageant comme le beurre mou, le vent qui mine les projets, qui défait les initiatives, qui rouille les os et les jointures, qui dissout les énergies — ces énergies qui, déjà par temps vif, ne sont pas si éveillées. Le spectacle continu de la beauté n'incite pas aux grands labeurs. Où sont les peuples travailleurs ? Dans les pays tristes. Le paysage est morose, le soleil éteint, l'œuvre de Dieu un peu manquée : alors on préfère encore regarder son dossier, son écrou, son travail. Puis, dans les pays du Nord, il faut de l'argent, ne serait-ce déjà que pour égayer cet intérieur dans lequel l'inclémence du climat vous force à passer le plus clair de votre temps. L'Italien du Sud, dit-on, est paresseux. Calomnie. Transplanté dans les pays tristes, il travaille. Mais chez lui, pourquoi travaillerait-il ? Pour boire et manger ? L'Italien est sobre. Pour se chauffer ? Quel charbon vaut un seuil de porte tiédi par le soleil ? Pour orner son intérieur ? Faribole, l'extérieur est là, merveilleux.

Et là-dessus encore le sirocco, ses édredons, sa caresse énervante. Non ! Le tapissier rentre chez lui. L'employé s'évente. Le jardinier dépote ses zinnias d'un geste ralenti. Andrassy lui-même... Il avait son idée cependant, son projet. Il lui fallut bander toute son énergie pour n'y pas renoncer, pour prononcer la phrase par quoi il devait commencer, une phrase de rien pourtant, insignifiante. Le déjeuner avançait. On en était aux fruits. Il n'y avait plus de temps à perdre. Andrassy se lança.

— J'irais bien te dire bonjour une de ces après-midi, dans ton appartement.

— Quand tu voudras, mon vieuil, rétorqua Vos cordialement.

— Ça me permettra de voir enfin Anacapri.

Mme Satriano intervint avec passion.

— Comment ? Qu'ai-je entendu ? Vous n'avez pas encore vu Anacapri ? Forst !

— Eh bien ? dit Forst.

— Ce garçon n'a pas encore vu Anacapri.

— Ce n'est pas faute de courir, cependant.

— Mais il faut qu'il y aille. Il faut. Cette après-midi même. Vos, tu vas lui montrer Anacapri.

— C'est que j'ai des lettres... commença Forstetner.

— Vos lettres! Vos lettres! Pour tarabuster de pauvres locataires qui sont en retard de deux jours! Elles peuvent attendre, vos lettres. Tandis que la beauté, elle, n'attend pas.

Ah! si on se mettait sur le terrain du dogme... Forstetner n'avait plus rien dit et, vers quatre heures, le gros de la chaleur passé, Vos et Andrassy prenaient l'autobus rouge qui, clenches battantes, moteur se raclant le gosier, gravit lentement la route vers Anacapri. À droite, en bas, la mer, Naples, le Vésuve. À gauche, la montagne.

Anacapri peut-être est un peu loin de la mer. Ce point posé, il faut reconnaître qu'il a su garder un charme que Capri n'a plus qu'à moitié. Moins d'hôtels, moins de cartes postales, moins de burlesques, des ruelles plus secrètes, souvent vides, des maisons plus réservées, cachant derrière leurs murs des cours carrelées de jaune citron où un enfant, un seau, un chat dorment, jouent ou ne font rien. Quelques villas, mais anciennes, un peu moisies, déjà un peu rentrées dans la nature — ou une place, parfois, large comme un œuf.

Vos y habitait deux pièces dans une maison de paysans. L'ameublement en était presque nul : un lit-divan recouvert d'un ex-rideau violâtre, un chevalet, des tableaux, une armoire de cuisine sur les panneaux de laquelle, un jour de rhume, Vos avait peint des chevaux bleus à crinière rose. Mais une terrasse aussi, qui débouchait en pleine nature, en plein paysage, sur un moutonnement infini de vignes, de figuiers, d'oliviers.

— Quelle vue! dit Andrassy.

— Hein! dit Vos.

Mais il y avait encore trop de soleil. Ils retournèrent s'asseoir, à l'intérieur. Vos sortit une bouteille de whisky, déplia son corps sur le lit-divan.

— Pourrais-tu me rendre un service? commença Andrassy.

— Mille, mon vieuil.

— Tu n'es pas souvent ici pendant la journée?

— Jamais, dit Vos orgueilleusement.

— Alors... Ça t'ennuierait-il que j'y vienne parfois, en ton absence?...

Sans quitter son divan, Vos se retourna dessus et, à demi relevé, il contempla pensivement le meuble.

— Il a déjà deux ressorts cassés, dit-il. Il ne faudra pas faire trop d'acrobaties.

Andrassy rougit. Il était assis, son verre à la main, ses sourcils épais froncés. Vos lui lança un coup d'œil.

— Mafalda? dit-il.

Vos professait que lorsqu'on veut savoir quelque chose, le plus simple est de le demander.

— Non, ce n'est pas Mafalda, dit Andrassy précipitamment.

— Ah non?

Vos s'efforçait de prendre un air indifférent. Il se leva, s'approcha de la table, remplit son verre.

— Ce n'est pas Mafalda?

— Non.

— Eh bien, mon vieuil, compliments. Tu es rudement adroit dans tes manœuvres. Je ne vois pas qui ça peut être.

Il en parlait comme quelqu'un à qui on a proposé une devinette.

— C'est quelqu'un que tu ne connais pas.

— Impossible, dit Vos froissé. Je connais tout le monde.

— C'est une jeune fille de l'île.

Vos posa son verre. Andrassy leva les yeux.

— Tu veux dire une jeune fille de Capri? D'une famille d'ici? Vraiment d'ici?

— Oui.

— Alors, je suis désolé, mon vieuil, mais ça ne va pas.

Le ton était cordial, mais net. Vos savait ce qu'il voulait. Qu'on lui proposât une promenade, l'apéritif ou l'amour, il disait oui ou non, sans embarras, sans façons, sans fioritures. Gentiment, avec de bonnes tapes dans le dos, mais fermement.

— Quoi? dit Andrassy éberlué. Quelle différence ça fait-il?

— Il y a les gens, dit Vos.

— Quelles gens?

— Tu couches avec Mafalda, ils s'en foutent. Tu couches avec moi...

— Merci bien.

— Eh bien, mal poli, dit Vos. Mais si c'est une fille d'ici, hé, ça change tout... Ils iront le raconter aux parents.

— Mais personne ne saura.

— Eêh ! dit Vos, en émettant un son long et inarticulé. Ils iront le dire aux parents. Les parents iront faire du bousin chez les Satriano. Je ne peux pas t'aider à donner des emmerdements aux Satriano.

Andrassy ne répondit rien. Son étonnement, déjà, cédait le pas à cette tristesse vague, à cette mollesse, à ce désespoir creux qu'il avait si souvent, depuis son arrivée, ressentis.

— Prends-en une autre, dit Vos.

— C'est celle-là que j'aime.

— Eh bien ! tu es mal tombé, dit Vos philosophiquement.

— Non.

Il y eut un silence. Par la fenêtre, on entendait de loin des voix perçantes. Vos s'approcha d'Andrassy, lui mit la main sur l'épaule.

— Écoute, dit-il. À trois maisons d'ici, il y a une femme que parfois je gueule tant j'en ai envie. Des nichons, mon vieuil ! Il y a onze ans que j'en ai envie. Je n'y ai jamais touché.

— Mais pourquoi ?

— Parce que j'ai envie de rester à Capri.

— À Capri, on fait ce qu'on veut, dit Andrassy en haussant machinalement la voix au diapason habituel de Mme Satriano.

— Foutaise, dit Vos. On ne fait ce qu'on veut que lorsqu'on peut se cacher.

— Mais si je l'épouse, nom de Dieu !

— Si on te la donne...

— On me la donnera.

— C'est ça, dit Vos. Et Forstetner?

— Je me fous de Forstetner.

— Et tu vivras de quoi?

— Je travaillerai.

— À quoi?

— On trouve toujours à travailler.

— Pas ici.

— Et toi?

— Moi, je suis seul. Je ne prends pas un repas chez moi.

— L'autre jour, l'antiquaire m'a dit qu'il avait besoin d'un aide.

— Oui, dit Vos. Mais l'antiquaire, cette année, n'a qu'un client en vue : Forstetner. Tu crois qu'il va aller se brouiller avec lui?

— Je me fous de Forstetner, je te l'ai déjà dit.

— Lui, il ne s'en fout pas. Si tu le quittes, il va baver.

— Pourquoi?

Vos le regarda pensivement.

— Tu le sais bien.

— On peut aussi quitter Capri, dit Andrassy sombrement.

— Oui, dit Vos. On peut. Pour aller vivre à Naples, dans une ruelle, au second étage, avec le derrière des autres devant son nez.

Andrassy ne répondit rien.

— Tu crois que ça en vaut la peine? dit Vos.

Andrassy se taisait toujours.

— Allons, reprit Vos. Tout le monde doit mettre un peu d'eau dans son whisky, mon vieuil.

En attendant, il buvait une gorgée du sien, pur.

184

— Tiens, un jour arrive ici la fille des Satriano...

— Ils ont une fille?

— Et quelqu'un, je te prie de croire. C'est une femme qui ne peut pas voir un homme sans lui mettre la main où ce serait mieux pas. Et le premier jour, elle décide de s'appuyer qui? Le pauvre Vos. Et qui est emmerdé? Le pauvre Vos.

— Est-elle si laide?

Vos eut l'air de devoir interroger ses souvenirs.

— Non, elle serait plutôt bien roulée. Mais je me disais : ou je couche et les Satriano seront peut-être tristes, ou je ne couche pas et ils seront peut-être tristes aussi. Tu comprends, que j'aie l'air de mépriser leur créature. Et coucher pour coucher, je me disais, ils préféreront peut-être que ce soit avec un ami.

— Mais, nom d'une pipe, dit Andrassy, en avais-tu envie ou non?

— Qu'est-ce que ça vient faire? dit Vos étonné. Alors je lui ai dit : viens donc voir mon atelier. Elle est venue. Nous nous sommes mis sur la terrasse...

Du menton, il désignait l'endroit.

— ... à regarder les arbres, à raconter des petites choses. Vérité! Elle est revenue souvent. Eh bien, mon vieuil, lorsqu'elle est partie, elle n'avait couché qu'avec le paysage.

Il en était encore tout glorieux.

— Tu peux aussi te consoler avec le paysage, non? L'amour, tu sais...

Il expira dédaigneusement.

— Une fois de temps en temps, je ne dis pas...

L'affaire de la villa se poursuivait au rythme normal et à raison de deux entrevues par jour, généralement dans un des cafés de la place, à la terrasse. Les positions étaient aussi claires que possible. Forstetner consentait à payer quatorze millions. L'offre était avantageuse. Le propriétaire le savait. Il était d'accord. Il l'avait déjà confié à Rampollo. Mais la facilité même, la rapidité avec lesquelles on était arrivé à cet accord lui donnaient le vertige. Il avait l'impression qu'on le volait de quelque chose. Le cœur serré, il se battait encore, essayait de tirer pied ou aile. Quatorze millions, soit ! Mais alors, il ne réparerait pas la grande citerne qui avait une fuite.

— J'exige la réparation.

Le propriétaire soupirait.

— Bon. Mais c'est vous qui payerez les deux primes de l'agent.

— Je n'y songe pas. Je ne paie que la mienne.

Forstetner entr'ouvrait sa serviette. Docile enfin aux conseils d'Yvonne San Giovanni, il avait retiré de la banque les quatorze millions, en liasses, et, à chaque réunion, il les apportait, dans une belle serviette de cuir jaune.

— La somme est là. Elle est à vous. Et je vous donne la serviette par-dessus le marché.

Le propriétaire soupirait encore, de convoitise cette fois. C'était trop de tentations à la fois. La serviette maintenant. Il savait déjà qu'il céderait.

Aux autres tables, on se penchait. Tout le monde était au courant des négociations.

— J'oubliais : bien entendu, je reprends la grande lampe du salon.

— Ce n'est pas bien entendu du tout. Cette lampe figure dans l'inventaire, je la garde.

— C'est un souvenir de ma pauvre femme.

— Raison de plus. J'adore les souvenirs.

Tout gris sous son chapeau, Forstetner ricanait. Le propriétaire s'indignait.

— Mais c'est un souvenir à moi. De MA femme.

Rampollo intervenait.

— Professeur ! Un souvenir, c'est sacré.

— Raison de plus pour ne pas y toucher.

Autour d'eux, la place grouillait. Passaient des gens en bleu et en jaune. Et une odeur de peau, de crème, d'huile antisolaire. Et les gens regardaient la serviette.

— Quatorze millions, il paraît.

Le propriétaire sombrait dans des abîmes de mélancolie. Tiens, il aurait encore préféré traiter avec la San Giovanni qui, elle, n'aurait jamais déboursé plus de douze millions mais qui, en récompense, l'aurait bercé dans d'exquises dialectiques, qui lui aurait au moins donné l'impression que, ces douze millions, il les avait vraiment conquis, payés de sa chair et de son sang. Le propriétaire tentait le coup du désespoir.

— Dans ces conditions, je ne vends pas.

— Comme vous voudrez. Il y a d'autres villas.

Rampollo risquait une diversion.

— J'ai connu une dame qui n'a jamais voulu se défaire d'une certaine jarre...

L'anecdote de la jarre terminée :

— Alors, ma lampe ? demandait le propriétaire.

— Je la garde.

Impartial, Rampollo changeait de camp.

— Sans la lampe, le salon perd son caractère.

De ses grands yeux chaleureux, il quêtait une approbation. Andrassy la lui accordait. Cette vente, il le savait, représentait trois cent mille lires pour Rampollo, de quoi vivre quatre ou cinq mois. Et une nouvelle robe pour Sandra.

— Il y a encore un vieux compte de plafonneur...

— Vous le payerez.

Forstetner entr'ouvrait sa serviette. Aux autres tables, on commentait. La réunion terminée, chacun des deux athlètes se voyait entouré de ses amis, discutait avec eux des détails de la rencontre.

— Et les impôts ? suggérait un gesticulant au propriétaire. Tu ne peux pas jouer sur les impôts ?

Le propriétaire secouait sombrement la tête.

— On voit que vous ne le connaissez pas. Ce n'est pas un homme, ça, c'est un tigre.

Et Mme Braccone à Forstetner :

— Vous devriez céder sur la lampe.

— Sur la lampe ! Jamais ! Forst, gardez la lampe !

La marquise San Giovanni ne cédait jamais, elle.

— Mon meilleur ami, je dis : mon meilleur ami, à partir du moment où il me vend quelque chose, il devient mon ennemi. Forst, vous êtes un âne.

Douze millions, pas un sou de plus. Il fallait me donner une commission et je vous l'avais pour ce prix-là.

Pour éviter ses reproches, Forstetner avait bien tenté de soutenir qu'il négociait à douze et demi. C'était mal connaître son île.

— Douze et demi ? Mais vous en avez retiré quatorze de la banque.

— Pardon...

— Quatorze, je le tiens du coiffeur, renchérissait Mme Braccone.

La serviette au milieu, la belle serviette jaune, sur une petite table ronde.

La serviette au milieu, sur une petite table ronde.

Forstetner qui parfois l'entr'ouvre.

On voit les liasses de billets.

Des billets de cinq mille. Verts.

Des billets de dix mille. Roses.

D'un si joli rose.

À la table à côté, Marjorie Watson. Hier soir, encore quatre mille à la cuisinière. Ce soir, autant. Le boucher qui insiste. Il lui en reste trois, de ces billets roses. Trois. Six ou sept jours. Six ou sept nuits. Six ou sept jours de Stanny. Six ou sept nuits de Stanny. Six ou sept pans de bonheur. Tout cet argent qu'elle a dépensé. Et il n'en reste plus rien. Au moment où elle a enfin trouvé Stanny.

Elle enlève son chapeau de péon.

À la table en face, Jacquot.

Insolent, le nez en l'air, sa grosse bouche, sa blouse rayée, blanc et bleu, à la garçonnet, qui découvre ses bras. Son cou nu.

Jacquot qui sort de chez le bijoutier. Lequel ne lui offre que quarante mille lires du bracelet de la princesse Adolfini. Quarante mille lires ! On m'a vu venir ! Je ne le lui ai pas donné, pensez... Un bracelet qu'il m'a fallu quatre jours pour avoir ! Oh ! mais, pardon, Eugène ! Une minute ! Quatre jours, quarante mille lires, qu'est-ce que je deviens, moi, là-dedans ?

Jacquot n'est pas content.

Et ce salaud, avec ces quatorze millions.

De dessous ses sourcils blonds, Jacquot laisse filtrer son regard vers Forstetner. Forstetner ne le voit pas. Vieux salaud, va ! Quatorze millions. Je pourrais drôlement me les rouler...

La serviette au milieu.

Lady Ambersford, dans sa robe comme un rideau.

— Quelle belle serviette !

Elle est moins dissimulée que les autres, elle s'approche, elle palpe.

— Quel cuir !

Elle bat des cils. De sa table, lady Noakes la surveille.

— Montrez-moi l'argent, Douggie-Douggie. Je voudrais voir le tas que ça fait.

Flatté, Forstetner entr'ouvre la serviette. Bessie caresse les billets. Soupire. Rampollo regarde. Quatorze millions. Jacquot, énervé, appelle le gar-

çon à haute voix. Mais Forstetner ne se retourne
pas.

— Tous ces billets, dit Bessie. C'est joli.

Il y a Cetrilli aussi. Mais Cetrilli est penché sur
Laura Missi. Il lui tient les mains, sur la petite table
ronde.

— Viens ce soir, dit Laura.

Cetrilli se renfrogne.

— Viens dîner avec moi. Nous parlerons de
notre avenir.

— Oui, dit Cetrilli.

Puis, avec âme :

— Laura, ce que je veux, c'est vivre avec toi.

Non, Jacquot n'est pas content. Il y a bien le
prince aussi. Mais il est radin, le prince. Parce que,
l'autre jour, il lui a prêté dix mille lires, il se croit
quitte. Le monde est plein de salauds. Il a une
belle bague cependant, l'Adolfini. Mais il ne veut
pas la donner. Parce qu'elle est à ses armes, soi-
disant. Je t'en foutrai, moi !

— Quatorze millions...

Au milieu de ses amis, le propriétaire jette
encore un coup d'œil vers la serviette. Rampollo
va lui parler, fait des gestes.

— *Ma chè !*

Sandra passe sur la place, avec son amie. Elle
regarde Andrassy. Ils ont un bonjour à eux, secret.
Un regard très long et les paupières qui descendent lentement. Puis le regard de Sandra glisse
vers la serviette, toujours entr'ouverte, avec ses
tranches vertes et rose pâle. Son père, tous les
soirs, en parle.

— Avec cette serviette ! Tu devrais voir, Sandra.

Et Sandra, à son amie : « Quatorze millions. Il ne pourrait pas en donner un à son secrétaire ? »

L'amie hoche la tête, raisonnable.

Et Sandra : « Il mériterait qu'on la lui prenne, sa serviette ! »

Et une vieille femme passe, qui vit d'aumônes.

Marjorie paie son orangeade. Trois billets. Il ne lui reste plus que trois billets. Alors qu'il y a tout ce tas, tout ce bonheur.

La serviette au milieu, sur une table ronde. Une table de rien, de café, en fer. La grosse serviette jaune.

La main de lady Ambersford dessus. Sa main courte, comme une petite gueule. Qui traîne.

Et Jacquot.

Et Rampollo.

Qui reste tout près, ému.

Et Andrassy qui s'éloigne d'un air indifférent.

Lady Ambersford regagne sa chaise.

Comme un mille-feuille. Tous ces billets. Comme un mille-feuille vert et rose. Comme de belles petites briques, lisses, lourdes à la main.

Andrassy est chez l'antiquaire.

— Vous m'avez dit l'autre jour que vous cherchiez un aide.

L'antiquaire a l'air un peu effrayé. C'est un Russe blanc. Il est grand, mais timide, une moustache courte et pâle, poivre et sel. Il ressemble à la comtesse von Euerfeld. Ils ont la même peau sèche et blanche, le même bleu des yeux. Lorsqu'ils se rencontrent, ils échangent un sourire venu de très loin, venu d'un autre temps et d'une autre Europe, et, dans un coin, au-dessus de leur tasse de thé, en allemand, de leurs voix mesurées et nettes à côté desquelles toutes les autres paraissent vulgaires ou forcées, ils se communiquent des nouvelles de leurs amis, des amis qu'ils ont un peu partout, qui tiennent des pensions de famille ou qui n'en finissent pas de mourir dans des appartements à brise-bise.

— Je ferais votre affaire. Je connais les meubles.

— Mais M. Forstetner?

— Forstetner sera d'accord.

— Mais pourquoi?

— Cette question! Parce que j'ai besoin de gagner ma vie.

Marjorie descend la rue lentement. Elle s'arrête devant le magasin. L'antiquaire va vers la porte. Mais d'au-delà de la vitre, Marjorie fait signe : non, non — d'un air effrayé.

— Peut-être, dit l'antiquaire à Andrassy.

Mais il a un visage ennuyé, indécis. Andrassy remonte vers la place.

Il y a toujours Forstetner. Et, devant lui, sa serviette. Refermée.

Et Rampollo, comme une sentinelle.

Et une de ces femmes hâves qu'on emploie à porter des paniers de légumes ou de pierres. Qu'elles portent sur la tête.

— Oui, dit Laura Missi. Peut-être...

Cetrilli lui caresse la main.

Et Jacquot.

Jacquot n'est pas content. Salauds. Rien que des

salauds. Je me suis encore laissé prendre parce que c'était un prince. Mais les princes italiens, c'est de la crotte, je vous le dis. Non, Jacquot n'est pas content. Ça y est, voilà le Hongrois qui se ramène. J'ai encore laissé passer mon moment. Sa grosse bouche fait une moue d'enfant. Allons, mon poulot, un effort! Jacquot se lève, il sourit, d'un sourire ébloui, heureux. Tout barbouillé de plaisir, il est, Jacquot. Comme un faune. Qui ne serait séduit? Il avance, il frôle le vieux Forst, laisse couler sur lui son sourire d'enfant ébloui.

— Oh, pardon!

D'une voix exquise. Mais Forst ne lève même pas les yeux. Il se contente de reculer son genou. Le salaud! Avec sa serviette!

Et, sur sa chaise, en pleine place, au milieu du brouhaha, recrue de volupté, lady Ambersford dort comme un bébé. La vue, le toucher, cette fois, lui ont suffi.

C'est ce jour-là aussi, j'oubliais, que fleurit enfin le fameux datura de la villa Satriano, le plus beau de l'île, le plus clochu, le plus massif, le plus fourni. L'événement d'ailleurs était attendu. Tous les matins, en robe de chambre réséda, Mme Satriano descendait dans le jardin, tâtait les longues cosses vertes, surveillait anxieusement leurs progrès. Mais, pour prévue qu'elle soit, l'éclosion du datura garde quelque chose de brusque, de triomphal. C'est comme un feu d'artifice. On sait à quelle heure et en quel carré du ciel il doit jaillir. Les gerbes de feu cependant arrachent des cris aux plus avertis. L'éclosion du datura, c'est un feu d'artifice. La veille encore, il n'y avait qu'un arbre trapu, pas haut, du modèle un peu, en plus petit, du figuier. Brusquement, en une nuit, le voilà carillon. Toutes ses cosses se sont ouvertes, sont devenues autant de longues cloches blanches qui, au moindre souffle, se balancent comme une volée de vraies cloches, comme un départ de ballerines, comme les embouchures des cent trompettes de Jéricho au moment où, non levées encore mais déjà frémissantes, elles attendaient le signal de Josué. Comme des cloches mais plus longues et blanches avec des nervures vertes; comme des jupes mais empesées et piquées en cinq points pour leur donner ces légers retroussis; comme des trompettes, faites davantage, semble-t-il, pour l'ouïe que pour l'odorat, pour l'oreille que pour le nez, au point qu'on s'attend à ce qu'il en sorte des dianes, des fanfares, la *Neuvième Symphonie* ou *Tannhäuser* et non ce parfum d'orgeat, douceâtre et qui, à la longue, dit-on, est mortel.

— Mon amour... dit Marjorie Watson.

Dommage qu'elle fût si petite. Ou dommage que Vos fût si grand. Heureusement, ils y mettaient de la bonne volonté, tous les deux. Vos se penchait. Marjorie dansait sur la pointe des pieds. Et pour elle, grand ou pas, tout, ce soir, était merveilleux.

— Stanny! dit-elle.

Gentiment, Vos la serra contre lui. Elle caressait son visage avec bonheur à sa chemise de lin. Il sentait des tas de choses : la peau, le tabac, la mer.

— Stanny, dit-elle encore. Je suis si heureuse!

La soirée était plutôt morne pourtant. Il y a des jours ainsi, les patrons de boîtes de nuit le savent bien, où l'entrain ne vient pas. Le Clubino n'est pas grand cependant. Vingt personnes et on se marche mutuellement sur les pieds. Les vingt personnes y étaient. Seulement voilà : pas d'entrain. Le chef d'orchestre levait des bras mous, comme un pingouin. À côté de lui, sur l'estrade, en chemise de soie à initiales d'un demi-doigt, le beau Cetrilli râpait une corne d'on ne sait quel animal avec un bout de bois. Et il s'embêtait. Et ça se voyait. Mais le matin même, étendue sur les planches de la plage, Laura Missi lui avait confié :

— J'aime qu'on soit un peu fou. Un peu loufoque. Missi était si sérieux.

Bon. Pris bonne note. Cetrilli faisait donc le loufoque. Il s'était mis sur l'estrade. Il râpait sa corne de zébu. Il était difficile de faire mieux, non? Dans le genre? «Cetrilli? un vrai loufoque!» Mais ça l'embêtait. Les femmes ont de ces idées. Lui qui n'aimait que ses pantoufles. Voilà : un bon appartement, ses pantoufles, une tasse de quelque chose. Et il était là, sur une estrade, à faire le... Au lieu de parler mariage. Mais elle avait dit :

196

— Il fait morne, ce soir. Il manque un boute-en-train.

Un boute-en-train ? Une minute.

— Attendez !

Et Cetrilli de bondir sur l'estrade.

— Oh ! Stanny, dit Marjorie. Encore une !

— Si tu veux, chou.

De ses grands battoirs de mains, Vos applaudit avec force.

— Allez ! cria Cetrilli. En avant, la musique !

Et il agita ses jambes. L'orchestre repartait. Cetrilli secouait ses épaules. Mais ça n'allait pas, il le sentait bien. Le public restait morne. À sa table, Laura Missi avait toujours l'air de s'ennuyer. Mais quoi ! Après tout ! Il n'était pas un clown, non ? C'était cette femme... Alors qu'ils auraient pu parler de tant de choses, tranquillement. Des affaires Missi, par exemple, passif, actif, projets d'avenir, amortissements, impôts, toutes ces choses à quoi Cetrilli s'intéressait autrement qu'à sa corne de vache. Il aurait pu lui donner des conseils, lui prouver qu'il était un homme sérieux, sur qui on pouvait faire fond. Seulement, un homme sérieux, Mme veuve Missi l'avait déjà eu. Maintenant elle voulait un rigolo. Cetrilli secoua encore ses épaules.

— *Go on, muchachos !* hurla-t-il.

Et il eut une pensée reconnaissante pour sa cuisinière. Celle-là, au moins... Avec son bon gros derrière. Son bon gros derrière. Tandis que Laura Missi, à cet égard... Ah ! s'il avait pu choisir... Seulement, il n'était pas question de choisir. C'était la

veuve Missi qu'il fallait épouser, personne d'autre.
Et il se mit à yodler. Désespérément.

— Tu resteras avec moi, ce soir? disait Marjorie.

— Mais oui, chou.

Elle se serra contre lui.

— Allons, princesse! criait Cetrilli à l'intention
de Wanda Adolfini.

Mais, les coudes sur la table, l'Adolfini regardait
devant elle d'un air vide. À côté d'elle, Jacquot parlait avec véhémence. Cetrilli agita ses épaules,
lança un coup d'œil vers Laura : elle bâillait.

— Nom de Dieu!

Mais ce bâillement avait été pour lui comme un
coup de fouet. Il se tourna vers l'orchestre.

— Vous avez fini? hurla-t-il. Fini, oui, avec cette
musique! Allez! quelque chose de plus vif!

L'orchestre sembla se réveiller.

— Allez! criait Cetrilli avec des gestes de fou.

L'orchestre partait.

— Allez!

Cetrilli courut vers Vos. Marjorie s'accrochait. Il
la repoussa violemment.

— Allons, mon vieux, une exhibition!

Il empoignait Vos par les épaules. Vos se mit à
rire, commença à danser. Cetrilli lui faisait face.

— Les dégourdis de la onzième!

L'orchestre allait de plus en plus vite. La piste
déjà se remplissait. Marjorie, bousculée, dut reculer. Et, au milieu, Vos et Cetrilli déchaînés.

— Et hop là!

Ils sautaient. Leurs deux longs corps avaient l'air

de n'en plus finir. Wanda Adolfini dansait aussi, pendue au cou de Jacquot et, de temps en temps, elle l'embrassait sur sa grosse bouche de gamin et Adolfini-mari virevoltait autour d'eux, tout seul, en imitant les castagnettes. Et Cetrilli lançait sa jambe, hop là! Et son autre jambe, hop là! Et Vos empoignait une grande blonde et la hissait au-dessus de lui. Et la musique, vite, vite. Et Cetrilli qui tournait sur lui-même, qui se frappait la poitrine, qui beuglait. L'orchestre continuait, enchaînait avec un autre air, un air dont le refrain consistait à rire et, penché sur son micro, le chef d'orchestre riait comme un fou, ah! ah! ah! d'un rire idiot, ah! ah! ah! qui allait de plus en plus vite, et Cetrilli tournoyait et Jacquot tombait par terre, se relevait, poussait de petits cris. La piste grouillait comme une soupe.

— Hop là!

— *Who-pee!*

Et Cetrilli enlevait ses sandales, les jetait à travers la salle et l'une des deux retombait, bang! sur le tambour, et Laura Missi le regardait avec bonheur et les couples tanguaient et Vos dansait tout seul, son long visage haletant au-dessus des autres et Cetrilli bondit sur Laura, l'entraîna sur la piste et le rire passait sur eux, le rire idiot, ah! ah! ah! le rire dément, ah! ah! ah! de plus en plus vite, ah! ah! ah! et le chef d'orchestre se pliait en deux devant son micro, ah! ah! ah! et Cetrilli lançait ses jambes, lançait ses bras, lançait ses fesses, et Laura Missi, hors d'haleine, lui criait dans le tumulte:

— C'est merveilleux ! Je t'aime ! C'est merveilleux !

Enfin !

Andrassy venait de descendre dans le jardin.

— Venez donc avec moi, lui dit Mme Satriano en lui adressant une œillade si véhémente que, chez toute autre, elle eût signifié qu'on allait, sans perdre de temps, derrière le premier buisson, s'adonner aux stupres les plus haletants. Venez donc ! Le jardin, à cette heure-ci, est d'une boté !

Armée de son sécateur, escortée du jardinier, un vieillard sec qui avait toujours l'air de se moquer du monde, elle s'apprêtait à passer l'inspection de ses bocages. Le jardin, hélas ! malgré ses soins, était ce que sont tous les jardins de Capri en été : un peu dépeuplé. Plus d'iris, plus de capucines courant entre les géraniums comme des petits chaperons pas toujours rouges, plus de delphiniums avec leur feuillage moelleux au-dessus de leurs tiges coudées. Des géraniums, des zinnias, des salvias, c'était un peu tout. Et les cactus, bien entendu, et les figuiers d'Inde auxquels poussaient des fruits oblongs d'un rouge de bubon ou des bouquets de poils pareils à ces blaireaux dont se servent les femmes pour se mettre du rouge aux joues.

— Écoutez, dit la comtesse après un regard prudent vers les fenêtres. Je vais vous paraître bien indiscrète, bien importune.

Elle mimait une confusion ardente.

— Si, si.

Nuance d'enthousiasme.

— Je crois cependant... *Questo bisognerebbe toglierlo,* dit-elle au jardinier qui acquiesça en riant comme à une plaisanterie particulièrement savoureuse. Notre cher Vos m'a parlé de vous, hier, de votre projet de quitter Forstetner...

— Mais...

— Non, non, dit-elle. Ce n'est rien. Mais Passiekov est venu aussi nous parler.

C'était l'antiquaire, Passiekov.

— Il nous demande parfois conseil. Il est si gentil.

Elle omet d'ajouter que si Passiekov a pu installer son magasin, c'est grâce à trente mille lires que Satriano lui a avancées et qui ne sont encore qu'à moitié remboursées.

— Le pauvre, vous l'avez mis dans un cruel embarras.

— Madame... commença Andrassy.

Mais il y eut un intermède provoqué par un tigrida blanc au cœur marqué de taches rouge sombre.

— Il a fleu-ri ! s'exclamait Mme Satriano. *Ha fiorito !*

Le jardinier approuva avec le sourire gaillard de l'accoucheur.

— C'est une fleur tellement ! Quel dommage qu'elle se fane si vite ! Un éclair ! Oui, le pauvre, il voudrait tant vous faire plaisir. Mais, oh, vous pouvez me parlez franchement. Forst est-il d'accord avec votre projet ?

— Je ne lui en ai pas parlé.

— Il faut comprendre. Passiekov ne peut vous engager que si Forst est d'accord.

— Il s'agit de moi, madame. De moi, pas de Forstetner.

— Je sais bien. Oh! le cher garçon, qui ne veut pas m'écouter!

Ils étaient assez loin de la maison, au milieu des zinnias.

— Comment voulez-vous qu'il prenne un aide, ce qui lui coûtera de l'argent, si en même temps il se brouille avec son seul client sérieux de l'année?

Andrassy eut un grognement méprisant.

— Il ne faut pas juger à la légère les gens qui doivent gagner leur vie, dit la comtesse.

Elle avait parlé sur un ton net, direct, sans une grimace, sans une mine.

— Mais Forstetner...

— Forstetner ne vous le pardonnera jamais.

Ils avaient gagné le coin du jardin consacré aux orangers, aux citronniers. Les feuillages sombres donnaient une ombre plus épaisse.

— Et il y a autre chose, reprit la comtesse. Jicky m'y a fait penser.

Elle se tourna vers le jardinier.

— Voulez-vous dire au comte de me rejoindre ici.

Et à Andrassy :

— Il vous expliquera mieux que moi. Il s'agit de votre permis de séjour. Moi, je n'entends rien à ces choses-là. Les papiers! Les bureaux!

Elle recommençait à faire des mines. La tête

basse, la sandale battant à petits coups la bordure du chemin, Andrassy ne disait rien. Dans son coin, en face de lui, hostile, impérieux, enfermé dans ses pointes, haut baron défendu, un agave. Jicky Satriano arrivait, tout en blanc.

— Ah! les voilà, les conspirateurs! dit-il rondement.

Mais, tout de suite, il entra lui-même dans le jeu.

— Où est Forst? demanda-t-il en étouffant sa voix.

— Dans sa chambre.

— Jicky, je voudrais que tu expliques à notre cher garçon ce que tu m'as dit à propos de son permis de séjour.

— Oui, dit Satriano, c'est une idée qui m'a passé par la tête hier, après la visite de Passiekov. Je me suis dit que vous n'y aviez peut-être pas pensé. Bref, en faisant semblant de rien, j'ai un peu sondé notre Forst...

Mme Satriano dédia à Andrassy un regard à la fois enthousiaste et prometteur, l'air de dire: «Vous allez voir comme il est adroit, mon Jicky!»

— Comme tous les gens dans votre cas, vous avez signé une demande de permis de séjour illimité, n'est-ce pas?

— Oui.

— Et vous avez donné comme garants Forstetner et son ami de la légation.

— Oui.

— Bon. Suivez-moi bien.

Sa main devant lui, le pouce et l'index faisant un rond.

— Bien entendu, je puis moi aussi vous servir de référence et je le ferais bien volontiers. Mais vous savez comment sont les bureaux. Ils n'aiment pas se compliquer la vie. Le jour où ils se décideront à examiner votre demande et à faire sur vous l'enquête d'usage, ils n'iront pas perdre leur temps à voir si vous avez de nouvelles références. Ils iront simplement vérifier celles que vous avez données dans votre demande. C'est-à-dire Forstetner et son ami. J'imagine. Si vous voulez, je puis essayer de m'informer avec plus de précision. Mais je crois. Et si, à ce moment-là, vous êtes brouillé avec eux, ils répondront Dieu sait quoi. Vous connaissez Forst. Il est parfaitement capable de raconter qu'il vous a renvoyé pour vol. Ce jour-là, on vous remet dans votre camp. Il y a déjà trop d'étrangers en Italie. La police n'est pas bien disposée. Bon, bon, ne vous agitez pas. Nous arriverions toujours bien à vous en tirer, de ce camp, mais, en attendant, il vous faudrait y retourner. Et tout serait à recommencer. Ça vous dit quelque chose ?

— Alors, je suis un esclave ? dit Andrassy. Je suis l'esclave de Forstetner ?

— Je le dis toujours : il y a pis que l'esclave, dans le monde moderne, il y a l'étranger sans passeport.

Mme Satriano s'était éloignée avec le jardinier. On l'entendait encore s'exclamer.

— Chaque siècle a son colifichet, poursuivait Satriano d'un air satisfait — l'air satisfait de qui place une formule qui a déjà servi. Le dix-neuvième avait la barbe, le vingtième a le barbelé. C'est la démocratie.

Sous le fascisme, Satriano frondait volontiers. Par fierté. Fidèle à lui-même, il continue. Lorsque, dans les rues de Capri, il rencontre la comtesse Ciano, il la salue. Il ne le faisait pas au temps où, fille du Duce et femme de ministre, elle triomphait.

— Et alors ? dit Andrassy.

— Je suis le premier à comprendre que vous vouliez quitter Forstetner. Je dirai même que je ne vous en estime que davantage.

Et il eut pour Andrassy un regard dont il n'y a rien d'autre à dire que ceci : un regard vraiment bon.

— Mais je suis le premier aussi à vous conseiller d'attendre. Prenez patience. Attendez le permis de séjour. Ce jour-là, je vous promets que je vous trouverai un travail... un travail plus digne de vous. De toute façon, la solution Passiekov est impossible. Il arrive tout juste à vivre lui-même. Et dans l'île, d'ailleurs... Mais quelle mer ! Vous ne trouvez pas ? Ainsi, entre le feuillage des orangers...

Surpris, Andrassy leva les yeux.

— Ah, vous êtes là ! dit Forstetner.

Il arrivait, jetait sur Andrassy un regard soupçonneux.

Forstetner et Satriano s'étaient éloignés. Andrassy s'accouda à la balustrade qui domine, en ordre successif, la route, les vignes, la mer. Des pensées vagues l'habitaient, moroses mais indécises, furieuses mais sans direction, qui parfois cependant se précisaient, qui montaient à fleur d'eau, un moment, comme un dos de poisson. Il y eut un fragment ainsi où l'on pouvait déchiffrer : vieille rombière. Puis un haussement d'épaules. Le mot : merluche. Un retour en arrière : j'ai tort, c'est une excellente femme. Un ricanement : À Capri, on fait ce qu'on veut. Laisser tomber. Devenir cet olivier. Qui s'étire. Vieux, vieux, vieux. Avec ses bras fatigués, tordus. Tiens ! une barque. Il me le payera, le salaud ! Pas de femmes ! Pas de femmes ! (Une voix aigre, un nez de Polichinelle.) Et pourquoi ? Mais pourquoi ? J'aurai ta peau, effroyable vieux con ! La pensée s'égarait, revenait. Attendre. Évidemment. Mais Sandra ? Sandra, Sandra, Sandra... Je ne ferais que vous en estimer davantage. Satriano avec ses joues farineuses. Pourquoi a-t-il dit ça ? Chaque fois qu'on parle de Forstetner... Et cette coupure que je me suis faite au pied. J'ai oublié d'y mettre de l'alcool. La pensée s'en allait encore, se perdait dans le paysage, succombait sous un sifflotis venu de la route. Puis il en émergea ceci : tétanos, avec tous ces crottins de chevaux, ce serait complet. Mais il faut attendre. Il a raison. Attendre. Mais Sandra ? Un lainage rouge apparaissait, devenait écharpe, s'effilochait entre les arbres, les vignes. La mer, ses petits coups de vagues, ses petits coups de pattes. Un commissaire de police, une petite table carrée, encombrée de cachets, de mégots...

Et, brusquement, il y eut la peur.

Brusquement, d'un moment à l'autre. Elle dormait. Voici qu'elle se réveille.

Il y avait les vignes, les oliviers, la mer. Brusquement, il n'y eut plus que le camp.

Les barbelés, les heures à traînasser. L'Ukrainien du bureau, l'épileptique roumain du baraquement trois, le dingo du baraquement sept. La nuit, il hurlait. Il fallait l'assommer à coups de souliers. Et les hommes, les hommes partout, à traîner les pieds, les uns fébriles, les autres atones, les uns éteints, les autres éclairés d'une lumière jaune, suiffeuse, la lumière si c'en est une, la pâle clarté plutôt d'un peureux espoir.

La peur. La peur vague, indécise, la peur partout, la peur policière. La peur lente. Un tigre ? Ce n'est rien, un tigre. Ça passe. La police ne passe pas. Elle n'en a jamais fini de passer. Le danger est partout et nulle part. Les villes ne sont plus des villes, ce sont des mers où il y a un requin. Un seul requin. On n'a qu'une chance sur mille de le rencontrer. Mais ça suffit. La peur est là. La police : pareil. La police n'est pas Dieu le Père. Elle laisse courir un homme sur deux. Mais celui qui se sait visé se sent le deuxième. La peur s'installe. Tout change. Tant qu'elle n'était pas là, c'était autre chose. Andrassy avait vu arrêter son père : il n'avait pas eu peur. Un policier était venu lui annoncer sa mort : il n'avait pas eu peur. À la frontière, caché dans un bois, il avait entendu rôder les gardes-frontière, aboyer leurs chiens : il n'avait pas eu peur. La seconde frontière, l'austro-italienne, il l'avait franchie dans un camion, avec des soldats américains qui jouaient du banjo, dans un état de grâce que composaient tout ensemble l'approche de la liberté, l'ivresse des soldats, le soleil qui étincelait sur la neige. Il n'avait pas eu peur. À qui n'a jamais eu peur, il est assez facile de ne rien redouter.

La peur, pour Andrassy, n'avait commencé que dans le camp. Au milieu de tous ces hommes. Au moment où il s'était senti comme eux vulnérable. Infiniment vulnérable. Au moment où, pour la première fois, il avait enfin compris que les catastrophes étaient aussi pour lui, pouvaient aussi l'atteindre. L'Ukrainien sortait du bureau. Qui cherchait-il ? Et pour annoncer quoi ? La peur. Nous sommes des esclaves. Parfois venaient des Américains. Des missions. Il leur fallait deux chimistes, quatre plombiers, un professeur de russe. On faisait défiler les internés. C'était comme un marché. Un triste et amer et morose marché. Des vieux qui mâchaient leurs dents. Des jeunes qui mendiaient un mégot. Ou les farauds.

— Moi, je suis un spécialiste. Ça ne va pas traîner.

Et les Américains : «Celui-ci pour Dallas, celui-là pour Bâton-Rouge, celui-ci oui, celui-là non...» Où est Bâton-Rouge ? Personne ne répondait. Ou alors :

— Vous n'êtes pas content? Vous préférez rester?

Des esclaves. Qu'on prend, qu'on trie, qu'on sépare. Et la peur. La peur qu'Andrassy croyait avoir oubliée et qui revenait. La peur partout, du présent, de l'avenir, du passé. Oui, par un curieux effet rétroactif, cette peur en arrivait même à infecter le passé, à empoisonner les épisodes pendant lesquels Andrassy en réalité n'avait pas eu peur. Il revoyait les perquisitions et il avait peur. Il revoyait la frontière : on aurait pu le prendre, le torturer. Et il avait peur. En bas, la mer. Des voitures passaient sur la route. Des gens allaient se baigner. Mais entre eux et lui, entre la mer et lui, il y avait le fleuve gris et mou, le goût rêche et gras du camp. Et la peur. À cause de Sandra, au fond. Sans elle... Sans elle, il ne se serait pas rendu compte. Et il eut une poussée de rancune. C'est moins rare qu'on ne croit, la rancune dans l'amour.

Lady Ambersford roule vers Rome. Elle a pris le bateau du matin, puis, à Naples, l'autocar de dix heures. L'autocar roule bon train. Lady Ambersford regarde les vignes, les arbres, les uns emmêlés aux autres, les arbres servant de tuteurs aux vignes, ce qui fait des murs de feuillage. Elle regarde avec intérêt, le visage près de la vitre, se retournant parfois pour un spectacle qui l'a frappée, une maison, un homme qui répare une bicyclette. Elle a un chapeau gris tourterelle, une écharpe d'un mauve vif qui fait un peu oublier sa couperose.

Vos est encore chez Marjorie. Ils prennent le petit déjeuner sur la terrasse. Vos a le torse nu. Marjorie lui beurre ses toasts. Elle rit. Elle se renverse du thé sur sa robe de chambre pervenche.

— Ça va faire une tache, dit Vos.

— Ce n'est rien. Je ne l'emploierai plus longtemps, cette robe de chambre.

Vos a une moue de réprobation.

— Pourquoi? Elle est encore très bien.

Elle rit. Il y a du soleil.

— Encore un toast, Stanny?

— Laisse, chou, dit Vos.

Andrassy débouche sur la place. Forstetner l'a envoyé expédier un télégramme. C'est sa rage, à Forstetner, les télégrammes. Il en envoie trois par jour. Andrassy entre à la poste, sort de la poste. Voici Sandra, de l'autre côté de la place. Ils se regardent, de loin, avec un air, un air comment dire? L'air de ne pas croire vraiment qu'ils existent. Mais Sandra s'approche.

— Mon amour, dit-elle.

— Mon amour...

Il est encore tôt. Sur la place, il n'y a presque personne. Mais Andrassy reste froid, gourmé. Il y a la peur en lui, comme un bloc de glace, qui le rend tout raide. Il dit : « Mon amour... » Il a l'air de dire : « Comment va votre père? »

— Je pourrais m'échapper toute la matinée, dit Sandra.

Andrassy hésite une seconde.

— Quel dommage ! dit-il. Moi, je ne pourrai pas. Je dois rentrer.

— Pourquoi ?

— Je dois aller à la plage.

Sandra le regarde. Elle a l'air d'attendre qu'il développe sa pensée. Il n'y a rien à développer.

— Mais...

Il n'y a rien à ajouter. Andrassy ne veut pas se priver de ses deux heures de plage, c'est tout.

— Je dois y aller avec le vieux, dit-il enfin.

Ce n'est pas vrai.

— Tu ne peux pas t'arranger ?

Il hésite.

— Non, c'est difficile.

— Quand je pense... dit Marjorie.

Ma foi, elle est, ce matin, presque très jolie. Sa peau n'a plus du tout ces ombres grises. Son visage est tout clair. Vos le constate. Il ne peut s'empêcher de s'en attribuer le mérite. Le soleil est encore léger. L'ombre d'un palmier somnole sur la terrasse.

— Quand tu penses quoi, chou ?

— Qu'on va payer cette maison quatorze millions.

— Je ne les donnerais pas, dit Vos pour dire quelque chose.

Puis, après une bouchée, il ajoute :

— Sauf si tu étais comprise dans le prix.

Il a pris une voix précieuse. Il n'a pas l'habitude de dire des galanteries. Marjorie Watson rit. Ce compliment l'enchante.

— C'est vrai ?

— Vérité! dit Vos.

Elle a son visage plein de soleil. Puis elle redevient sérieuse.

— Deux millions de plus qu'elle ne vaut, Stanny. Deux millions perdus. Tu ne trouves pas ça terrible?

— Non, dit Vos avec indifférence.

— Au revoir, dit Andrassy.

Il tend la main, d'un geste gauche. Il n'a jamais tendu la main à Sandra, il s'en aperçoit tout à coup.

— Cette après-midi?

— Cette après-midi, c'est moi qui ne pourrai pas, dit-elle d'un air fermé.

Mme Braccone passe, lance vers le couple un regard sagace. Andrassy la salue d'un air qui, sans qu'il s'en rende compte, est provocant.

— Au revoir, dit Sandra.

Andrassy hésite encore. Mais Sandra a toujours son visage fermé. Elle s'en va.

— Sandra!

Elle est trop loin, déjà. Il pourrait encore la rattraper. Il ne le fait pas. Vos enlève une miette de pain tombée dans l'abondant pelage de son torse.

— Il va faire chaud aujourd'hui.

Il se lève, regarde le jardin.

— Au fond, dit-il, tu resterais huit jours de plus, j'en serais bien content.

Marjorie s'est levée aussi. Elle passe un bras sous le sien.

— Stanny... dit-elle.

Ils sont l'un à côté de l'autre. Ils regardent le jardin.

— Est-ce que tu m'aimes vraiment? demande-t-elle.

— Tu es chou, dit-il. Viens. Allons nous tremper.

Elle se met à rire. D'un rire qui n'est pas gai.

Dans son autocar, Bessie Ambersford ouvre son sac, un gros sac gonflé d'objets, elle en tire un petit paquet, le déplie, mange un sandwich. L'autocar traverse un village à demi détruit. On voit des pans de murs, des femmes qui prennent de l'eau à une fontaine. Bessie Ambersford pousse un soupir.

— Pauvres gens!

Andrassy a gagné la plage. Sur les planches, Mafalda vient à sa rencontre.

— Vous vous faites désirer, dit-elle.

Avec son regard net, un peu froid. Elle sort de l'eau. Ses cheveux sont comme d'épaisses coulées de goudron autour de son visage. Lisses, compacts, brillants.

— Venez! Je vous attendrai pour retourner dans l'eau.

Mais il n'y a pas de cabine de libre.

— Allez dans la mienne!

Andrassy se déshabille rapidement. Il y a les vêtements de Mafalda, sa marinière à raies roses, ses shorts bleus qui, même vides, gardent quelque chose de la netteté de sa silhouette. Dans son autocar, lady Ambersford mange un second sandwich et traverse Formia. Andrassy est dans l'eau. Il s'ébroue, s'étire, se vautre, se tourne et se retourne.

La mer l'entoure de toutes parts, l'étreint, le roule. Un moment, il a essayé de penser à Sandra. Pensée fugitive, timide, que la mer aussitôt bouscule et recouvre. Quelles caresses valent celles de la mer, quelles voluptés, quels baisers ? La mer ! D'un coup de reins, il se retourne. L'eau passe sur lui comme un bras frais. Il se laisse aller, s'immerge, émerge. Quelle femme pourrait donner un bonheur aussi complet, aussi pur, une étreinte aussi totale, des talons à la nuque ? Mafalda est à deux brasses devant lui, qui nage d'un mouvement aisé. Mais il pense bien à Mafalda ! Qu'est-ce encore que l'amour ? Qu'est-ce donc que brasser un corps lorsqu'on peut brasser la mer ?

— Hoho !

Dressé sur un rocher, Vos le hèle.

Tout son corps oint d'une eau très pure, Andrassy est étendu sur les planches. Il est avec les amis de Mafalda, tout un groupe, ils sont bien sept ou huit. Un long garçon maigre fait le pitre. Les autres ne bougent pas, étendus, abandonnés au soleil, les yeux clos. Les planches sont chaudes et bonnes. Andrassy est étendu sur le ventre. À côté de lui, le long de lui, il y a une amie de Mafalda. Elle est à plat ventre aussi, sa joue à même les planches, le visage tourné vers Andrassy. Elle lui sourit. Il dit :

— Comme vous êtes brune déjà !

— Vous n'êtes pas mal non plus.

Ils regardent leurs corps. Leurs visages tournés l'un vers l'autre, leurs coudes s'effleurant, ils sont comme un homme et une femme après l'amour,

214

recrus de volupté au point d'en trouver une nouvelle à ne plus se toucher. Un désir traîne à la surface des planches, mais vague, déjà comblé, que l'eau et le soleil ont rongé, qui ne demande plus rien, qui se satisfait de sa seule existence. Un pied parfait passe devant le visage d'Andrassy, touche son épaule.

— Vous n'avez pas des allumettes ? demande Mafalda.

Andrassy lève les yeux. La jambe de Mafalda est tout près de son visage, une longue jambe nue. L'amie de Mafalda se soulève pour prendre son sac. De l'autre main, elle retient son soutien-gorge qu'elle a détaché. Andrassy voit ses seins presque entiers et la bande de son ventre, entre les deux pièces du maillot. Et l'odeur molle de l'huile antisolaire. Où serait encore le désir ? Qu'a-t-il encore à chercher ? Tout est déjà comme après l'amour.

Andrassy se relève. Il est un peu étourdi, la tête vague.

— Hongrois ? dit le long maigre. Vous êtes hongrois ?

Il a une mâchoire pointue, comique.

— Oui.

— Vous n'avez pourtant pas de brandebourgs sur le slip.

Andrassy veut bien sourire. Il y a la mer, les mille micas du soleil sur la mer. On parle mollement.

— Tiens ! dit le long maigre. L'homme à la serviette !

Andrassy tressaille. À trois pas, en panama et veston blanc, l'air incroyablement habillé au milieu de tant de nu, Forstetner le regarde. Andrassy se lève, va le rejoindre. Mais Forstetner :

— Non, non, restez avec vos amis...

Que se passe-t-il ?

— Un de ces jours, vous me présenterez.

Il a sa voix affable, affectée, dans le masque.

— Ce garçon qui vous parlait, c'est un des princes Borghèse, n'est-ce pas ?

Ah voilà !

— Il a l'air extrêmement intéressant.

Il n'est pas si salaud, au fond. À certaines conditions.

Et l'autocar arrive à Rome. Sur la place, une fontaine disperse dans le ciel ses diaprures étincelantes. Lady Ambersford prend un taxi. Elle va chez son ami, le conseiller d'ambassade. Il est trois heures. Les rues sont presque vides. Il n'y a plus que le soleil. On dirait qu'il a traqué toute existence jusque sous les porches, jusque dans les interstices des volets. Madame est là ? Oui, Madame est là. Elle accourt. Lady Ambersford, pensez donc !

— Mais oui, mais certainement. Ronny m'avait dit que vous viendriez. C'est *trop* gentil de ne pas nous oublier. Et *comment* allez-vous ? Ronny a dû sortir. Il sera navré. Mais vous resterez bien quelques jours à Rome ? Nous vous reverrons ? Demain ? Oh ! déjà. Oui, oui, il m'a laissé la somme, les cent cinquante mille lires. Aucun, chère Bessie. *Aucun* dérangement. Mais que vais-je vous offrir ? Pourquoi n'êtes-vous pas venue pour le déjeuner ? Nous vous attendions. (On raconte que le nez des gens remue lorsqu'ils mentent : ce n'est pas vrai.) Mais vous prendrez bien une tasse de café ? Oui ?

La femme du conseiller est une blonde, le visage osseux, les traits tirés. Lady Ambersford est dans son fauteuil, son grand sac à côté d'elle. On parle de choses et d'autres, des enfants, du temps qu'il fait, de l'autocar. D'une certaine serviette aussi — on voit des choses incroyables parfois — avec quatorze millions — en billets — qu'il promène partout — mais qui ? — M. Forstetner, un Suisse, vous ne le connaissez pas ? — mais non — dans une serviette de cuir jaune — pour sa villa — quatorze millions — un jour, on la volera, c'est certain. La femme du conseiller trouve qu'il n'y a pas là de quoi tant s'agiter, mais lady Ambersford est lancée. Elle n'en finit plus avec cette serviette.

— Il la pose sur les tables. Avec tous ces millions.

— Je vais chercher votre argent, dit la femme du conseiller.

Lorsqu'elle revient, lady Ambersford s'est assoupie dans son fauteuil, la bouche ouverte, ses grosses joues d'enfant. Pauvre chère âme ! Après ce voyage... Et la chaleur... Charitable, la femme du conseiller ne la réveille pas. Elle dépose l'enveloppe, prend le plateau du café, l'emporte sans faire de bruit, le dépose dans l'office.

— Tiens, où est la cuiller du sucrier ? On aura oublié de la mettre... Ou elle sera restée dans le salon.

Mais elle n'y retourne pas. Lady Ambersford est fatiguée. Il ne faut pas la réveiller.

— Elle vieillit, vous savez, Ronny, dit-elle le soir à son mari. Elle n'a pas cessé de me parler d'une serviette, je n'y ai rien compris, une serviette de cuir jaune, avec quatorze millions. Je suis sûre qu'elle en rêve la nuit.

Le beau Cetrilli ouvrit les yeux, s'étira. Le soleil entrait par brassées dans sa chambre. Cetrilli redressa son oreiller, croisa les mains derrière la nuque et se mit à rire, tout seul, d'un petit rire calme, ses petites dents à peine découvertes. Et il avait l'air de regarder devant lui quelque chose d'excessivement agréable.

— Voilà! dit-il.

D'un ébrouement de jambes, il rejeta son drap, quitta son lit. Il était en pyjama. Un pyjama blanc. Debout devant sa fenêtre, il commença sa gymnastique. Mais il continuait à rire, de son rire doux, contenu, comme un roucoulement de pigeon. Et ses mouvements, insensiblement, se transformaient en une sorte de danse. Il agitait ses bras comme des ailes.

On frappa.

— Bonjour! cria-t-il gaiement.

Gentiment, il courut au-devant de la cuisinière, lui enleva le plateau qu'elle apportait. Mais elle le regardait de toute sa grosse figure marron et tavelée.

— C'est vrai? dit-elle.

— Quoi, ma vieille? demanda-t-il en souriant.

Il se versait du café, prenait du sucre.

— Regarde-moi, dit la cuisinière.

Il la regarda.

— C'est vrai ce que j'ai entendu dire? Tu te maries?

Diable! Ça se savait donc déjà? Cetrilli était superstitieux. Il n'aimait pas parler des choses avant qu'elles ne fussent faites. Les deux doigts braqués pour la conjuration, il chercha autour de lui. Ah, la table! Il posa ses deux doigts dessus.

— Qui te l'a dit?

— Le boucher.

Puis, d'une voix toute serrée :

— C'est vrai?

— Presque, dit Cetrilli boudeur.

— Avec Madame Missi?

Le nom prestigieux lui rendit toute sa bonne humeur.

— Oui.

Il tourna vers la cuisinière son sourire éclatant.

— Madame Missi, des automobiles. Tu te rends compte?

Mais la cuisinière le regardait toujours, fixement, le visage sans expression, les mains sur son tablier, avec son nez carré du bout.

— Et moi? dit-elle enfin.

De dessus sa tasse de café, Cetrilli lui lança un regard incompréhensif.

— Et moi? reprit-elle plus haut. Moi, je n'étais bonne que pour coucher?

Peu à peu elle s'animait.

— Tu veux te marier ! Et moi, tu vas me laisser tomber ! Et tu crois que je vais me laisser faire ?

Une mèche de ses cheveux se défaisait, lui tombait sur le front.

— Tu es mon amant.

Mon amant ? Cetrilli avait l'air de tomber des nues.

— Et je t'aime. Ça m'est égal que tu ne m'épouses pas. Mais tu n'en épouseras pas une autre.

— Laisse-moi tranquille, dit Cetrilli, impatienté.

— Non, je ne te laisserai pas tranquille. Tu ne l'épouseras pas. Je ne veux pas. Je ne veux pas ! Jamais je n'accepterai !

— Ça... dit Cetrilli avec une moue fataliste.

— J'irai lui parler, à Madame Missi. J'irai lui dire qu'elle n'a pas le droit, non.

Le visage seul était animé, et les cheveux qui se défaisaient de plus en plus. Mais tout le gros corps restait singulièrement immobile.

— J'irai lui dire que tu es mon amant, que tu couchais avec moi pendant que tu lui faisais tes déclarations... Que tu couchais avec moi.

Le profil régulier de Cetrilli commença à marquer une certaine inquiétude.

— Allons, allons, dit-il d'un ton bonhomme. Tu devrais être contente. Moi, je me faisais une joie de t'annoncer cette bonne nouvelle. C'est toi que j'aime, tu le sais bien.

Du revers de la main, elle releva une mèche. Et son visage se releva un peu en même temps.

— Et je t'emmènerai avec moi. Je lui dirai de te prendre comme cuisinière. Et tu penses bien, tes comptes, ce n'est jamais moi qui te ferai une observation...

— Voyou, dit-elle.

Elle l'avait dit calmement. Et c'est calmement qu'elle poursuivait, en détachant ses mots.

— J'irai le lui dire. Et tu verras si elle voudra encore t'épouser.

— Nom de Dieu! cria Cetrilli.

Le calme avait passé de l'un à l'autre. L'agitation aussi.

— Toi! dit Cetrilli menaçant.

Il marcha vers elle. Mais brusquement il s'arrêta.

— Tu n'iras pas.

— J'irai.

— Vraiment?

Cetrilli avait changé de ton. Sa colère semblait déjà tombée.

— Et tu lui diras quoi?

Il avait pris une voix douce, mielleuse.

— Que tu couches avec moi.

— Tiens! dit-il.

Il avança encore. Elle recula, leva son bras devant elle.

— Mais je ne veux pas te faire de mal, dit Cetrilli toujours de sa voix mielleuse. Viens.

Il l'avait prise par le gras du bras, la menait devant un grand miroir qui se trouvait à côté de la porte.

— Tiens! dit-il.

Ils étaient l'un à côté de l'autre, dans le grand

miroir, leurs deux silhouettes, Cetrilli dans son pyjama, elle avec son caraco et son tablier, informe. Les cheveux défaits, le nez carré et piqué de taches noires. Et Cetrilli, ses cheveux défaits aussi mais qui tombaient en boucles gracieuses, son visage régulier, son sourire, ses dents courtes, sa fossette au menton.

— Vraiment? reprit-il de sa voix douce. Tu iras lui dire que j'ai couché avec toi? Mais regarde ta tête.

Il se mit à rire, de son rire doux, contenu.

— Regarde ta tête.

Et plus lentement :

— Qui te croira?

Elle regardait, elle regardait dans le miroir et, brusquement, elle plongea son visage entre ses mains. Et il en sortit un cri de bête.

— Allons, allons, dit Cetrilli.

— Quoi? dit le directeur de la banque en raccrochant son téléphone.

Sans répondre, le vieux petit employé déposa sur le bureau un chèque vert pâle et une feuille de papier qui portait quelques lignes dactylographiées. Le directeur se pencha. L'employé le regardait pensivement. Il avait l'air d'un mégot, cet employé. Et il sentait le mégot aussi.

— Quoi? dit le directeur. Un chèque sur lequel il y avait opposition? Et nous avons payé?

La tête penchée, le regard au-dessus de ses lunettes, l'employé approuva. Oui, on avait payé.

— Bah ! dit le directeur. Ça arrive. Il n'y a qu'à donner tous les renseignements au siège de Capri. On ne peut rien nous reprocher.

L'employé se pencha. De son majeur replié, il frappa trois fois — toc toc toc — sur la feuille, à l'endroit où elle portait une date.

— Eh bien ? Vous n'allez pas me dire que l'avis était déjà arrivé quand nous avons payé le chèque ?

L'employé pencha la tête : oui.

— Nous étions prévenus ?

Signe de la tête : oui.

— Mais comment a-t-on payé, alors ? On n'a pas vérifié ?

Posément, le vieux petit employé balança devant lui son index. Non, on n'avait pas vérifié.

— Mais comment ? Il faut chaque fois vérifier les oppositions. Je me tue à le répéter. C'est tout de même incroyable, ça ! Qui était au guichet ?

Le directeur allongeait déjà la main vers son téléphone. L'employé le retint, se pencha, retourna le chèque. Au dos, à côté des signatures, il y avait un large cachet rond. Toc toc toc. Du majeur replié, l'employé avait trois fois frappé sur ce cachet. Toujours posément. Toc toc toc. Comme à une porte. On avait chaque fois l'impression que quelqu'un allait entrer. Quelqu'un de pas pressé. Le directeur se penchait.

— L'ambassade ? dit-il.

Il releva la tête.

— C'est l'ambassade qui a présenté le chèque ?

L'employé approuva.

— Évidemment, dit le directeur. Les chèques de l'ambassade, on n'a pas pensé à les vérifier.

Il eut un début de sourire.

— L'ambassade! répéta-t-il.

Il eut une expression à la fois ravie et scandalisée.

— Oh! oh! oh! dit-il.

Seul sous la tasse immense du ciel, un homme. Rond comme un bol, le ciel, et vide, du moins en apparence. Pas un nuage. Au-dessous, la mer. Et, pris entre les deux, comme poussé dans la mer par le poids du ciel, un nageur. Un nageur qui, lentement, creusait son sillon, un bras parfois affleurant, la tête dans l'eau mais surmontée d'un bout d'on ne savait quoi, comme un crayon sur l'oreille.

Pour le passager des barques, paquebots, périssoires, et même pour le nageur s'il n'est pas aguerri, la mer, c'est une surface. Ou une masse, oui, mais une masse qui commence en un certain point bien défini, qui a sa frontière, sa limite, sa croûte au-delà desquelles commence l'obscur, l'inconnu. Mais que le nageur s'avise de mettre un de ces masques qui permettent de voir sous l'eau et il se sent non plus à la frontière d'un pays fermé, mais suspendu en un certain point d'un élément plus vaste, comprenant à la fois l'air et l'eau, dans un monde un peu plus clair au-dessus, un peu moins en dessous, mais à peine différent, fait tout entier d'une même matière, d'une même épaisseur, d'une même substance, des abîmes au-dessus, des abîmes en dessous, traversés les uns de voiles blancs, les autres de rais bleus, le silence au-dessus, le silence au-dessous — mais un silence, ici commence la différence — un silence qui, au-dessous, est plus profond, plus compact, plus solide, que rien ne traverse, que rien ne pourrait rompre. Une mouette dans le ciel, même si elle ne pousse pas son cri, le silence en est touché. Mais les poissons ne font que rendre plus épais le silence de la mer, que ce soient les petits, en formations serrées, couleur olive, couleur piment, ou les grands qui passent seuls, verts à bandes violettes ou noirs et qui détalent brusquement avec une détente de mèche de fouet. Ou il y a aussi, endormies, tout au fond, de grosses pierres rondes et chauves ou des plantes poilues et trapues, comme des manteaux de fourrure tombés dans un vestiaire. Ou, au flanc des rochers, des oursins noirs et brillants ou des pierres jaunes ou rouges. Ou, plus loin, là où le fond échappe au regard, il n'y a plus qu'une masse bleue, moelleuse, molletonnée, d'un bleu épais que traversent mille aiguilles étincelantes.

Le nageur regagnait la côte — et, sur un rocher plat, dans l'eau, son ombre un moment se profila comme celle de l'avion sur un champ moissonné. Il prit pied, se redressa, enleva son masque, passa la main contre sa clavicule.

— Tenez, avait dit Mafalda en retrouvant

Andrassy à la plage. Je dois rentrer plus tôt ce matin. Voici mon masque. Prenez une périssoire et allez donc explorer la mer.

La périssoire était là, tirée sur les galets. Au-dessus, un roide éboulis surplombé d'une pente assez douce, plantée de pins courts et qui rejoignait un mur de rochers beiges à traînées roses. En bas, la mer formait une crique ronde, vaste, fermée des deux côtés par de vrais rideaux de rochers, qui tombaient comme des rideaux de théâtre. Et Andrassy, tout seul, haletant, haletant encore de stupeur et d'émerveillement. En face, un rocher carré où des pêcheurs avaient rangé leurs paniers à langoustes.

— Nom de Dieu ! dit Andrassy.

Mais cette exclamation ne lui était dictée que par la majesté de ce qui l'entourait. Il était seul, tout seul, au milieu du décor immense. Et tout petit. Perdu. Il s'étendit sur un rocher. Une fois encore, le temps fondait. Heures, minutes, soucis, tout ce qui mord, tout ce qui ronge, tout ce qui grignote (les minutes, à l'intérieur des montres, qui avancent à petites dents), tout avait disparu.

Puis il y eut une barque qui doubla une des pointes de rochers. Un homme debout y ramait avec le geste de qui met un accent sur un e. Et deux femmes. Andrassy les suivait d'un regard négligent. La barque se rapprochait. On entendait le petit cri d'oiseau blessé des rames crissant contre le bord. Une des deux femmes dit quelque chose et l'autre rit. Andrassy haussa les épaules, mit son masque, rentra dans l'eau. L'autre monde s'ouvrait à lui, s'offrait, mais ne s'offrait qu'avec une réserve hautaine. Un paysage aussi peut avoir ses pudeurs. Ceux de la terre à cet égard sont parfois un peu putains. Les décors sous-marins sont moins offerts. Tout entier à sa contemplation, Andrassy avait déjà oublié cette barque et ses femmes. Une femme, qu'est-ce encore qu'une femme pour un homme qui rampe sous le couvercle d'un nouveau monde?

— Une Ambersford? Impossible! dit le chargé d'affaires.

— Pour ma part... commença Ronny.

— Impossible!

Le chargé d'affaires tranchait. Puis, la voix plus ronde:

— Vous imaginez la tête du patron à son retour, en apprenant que nous n'avons rien trouvé de mieux, pendant son congé, que de faire arrêter lady Ambersford?...

— Il ne s'agit pas encore d'arrêter, dit Ronny.

— Il ne faut même pas que son nom soit prononcé. Je vois d'ici les journaux italiens. Avec notre attitude dans la question des colonies... Nous n'y couperions pas des trois colonnes en première page. Ils seraient trop contents.

— Il n'y a pas de plainte. C'est un chèque perdu.

— Perdu, peut-être. Mais celui qui l'a trouvé a

imité la signature de cette... de cette Watson. Ça, c'est un faux, mon cher.

Le chèque était là, sur le vaste bureau d'acajou. Et sur une petite table ronde, à la terrasse d'un des cafés de la place, la serviette de cuir jaune. Forstetner l'entr'ouvrait, on voyait les liasses de billets verts, les liasses de billets roses. Comme de petites briques. Solides, tassées. Le chèque vert pâle. Les billets rose pâle. Le propriétaire regardait.

— Les quatorze millions y sont, dit Forstetner rêveusement.

Il y avait du soleil. Autour d'eux, la place grouillait. La longue tête de Vos et le petit visage de Marjorie sous son chapeau de péon et Adolfini derrière son nez, l'air triste mais un collier de corail autour du cou.

Et, brusquement, le propriétaire se renversa sur sa chaise, laissa retomber ses deux bras comme un homme qui renonce à un destin trop lourd.

— Je suis d'accord. La villa est à vous.

— Enfin ! grogna Forstetner.

— Bravo ! s'exclama Rampollo.

Et son regard chaleureux vola comme un oiseau du propriétaire à Forstetner. Aux tables voisines courut une rumeur. Yvonne San Giovanni haussa les épaules.

— Nous sommes bien d'accord ? demanda Forstetner.

Le propriétaire devait être à bout de forces. Il se contenta de pencher la tête. Forstetner posa la main sur la serviette, la poussa vers lui.

— Tenez, dit-il. Elle est à vous.

Le propriétaire leva la main à son tour, la posa sur la serviette. Aux tables voisines, la rumeur s'était arrêtée. Lady Ambersford battit des cils. Et du grouillement de la place partit une voix effrayée :

— Compte d'abord !

Le propriétaire haussa les épaules.

— Vous voulez un reçu ?

— Il y a assez de témoins, dit Forstetner d'un air moqueur. Faites-moi porter les papiers à la villa Satriano.

— Tout de suite.

— Mais non, dit le chargé d'affaires d'une voix unie. Essayez de comprendre. Qu'il y ait eu vol ou faux, ça m'est bien égal. Ce qui importe, c'est ceci : ni l'ambassade, ni lady Ambersford ne peuvent être mêlées à cette histoire. Je suis sûr que le patron m'approuvera. D'ailleurs, poursuivit-il sur un ton plus gourmé, rien jusqu'ici ne nous prouve que la bonne foi de lady Ambersford n'a pas été surprise. Faites une chose, allez à Capri chez cette Mrs Watson. Vous lui rembourserez ses cent cinquante milles lires. Elle vous donnera une lettre pour la banque disant que tout est en ordre, qu'il y a eu un malentendu. La banque n'insistera pas. Après quoi, vous irez chez lady Ambersford rattraper ce que vous pourrez de la somme. Il doit bien en rester. Et la différence, nous essayerons...

— Ah, non ! dit Ronny. La différence, je m'en charge.

Le visage blond et un peu mou de Ronny avait enfin pris une expression énergique.

— Comme vous voudrez, dit le chargé d'affaires avec un soulagement visible. Mais faites vite.

— Il est trop tard pour le bateau de l'après-midi. Mais demain matin, j'y serai.

Le propriétaire se leva, prit la serviette.

— Alors, tout est réglé.

Malgré tout, on le voyait bien, il se consolait mal d'avoir dû si rapidement arriver au bout de cette affaire.

— Tout, dit Forstetner.

Le propriétaire soupira.

— Allons! dit-il.

— Je vous accompagne, dit Rampollo.

Il eut un clignement d'œil qui, de pli en ride, lui gagna tout le visage.

— C'est plus sûr!

Forstetner se levait à son tour, prenait le bras d'Andrassy.

— C'est que Madame Satriano m'a chargé de...

— Bon, dit Forstetner. Allez-y. Moi je rentre.

Andrassy s'éloignait, prenait la ruelle du fond — celle où, tant le coulant y est aisé, on a l'impression d'être l'eau qui fuit d'une baignoire.

— Oh! Forstetner, dit Marjorie en rattrapant le vieil homme.

— Douglas! Douglas! Pour vous, je ne veux être que Douglas, Marjorie.

— Douglas, reprit-elle docilement. Vous rentrez à la villa? Je vais descendre avec vous. Je voudrais vous parler.

— Vous ne pourriez pas me faire un plus grand plaisir. Mais...

Forstetner prenait son petit air tatillon.

— ... notre ami Vos ne sera pas jaloux ?

Sous son chapeau jaune, Marjorie eut un sourire distrait.

— Je pensais... dit-elle en hésitant.

Ils passaient devant la rangée de voitures et de taxis, prenaient la rue qui descend vers la Petite Marine. La canne de Forstetner faisait son petit bruit sec sur l'asphalte. Tic.

— J'avais pensé...

Ils durent se séparer : une auto cornait derrière eux.

— Vous savez, reprit Marjorie d'un air agacé, souffreteux, vous savez que mon bail dans la villa, dans votre villa maintenant, vaut encore pour presque tout un mois.

— Je sais, dit Forst.

— Ça doit vous ennuyer...

— M'ennuyer ? Avoir comme locataire la plus jolie femme de l'île ? Une des reines de New York ? C'est un privilège, au contraire.

Malgré tant de compliments, Marjorie ne souriait pas. Sous les lunettes noires qui lui cachaient la moitié du visage, elle gardait son expression anxieuse, égarée.

— Ça doit vous ennuyer, reprit-elle comme si Forstetner n'avait rien dit. Alors j'avais pensé... Puisque c'est votre villa maintenant... Je pourrais vous la laisser...

Elle tourna la tête vers Forstetner d'un mouvement brusque. Mais Forstetner ne répondait rien.

— Je pourrais la quitter tout de suite, poursuivait Marjorie.

D'une automobile pleine de gens qui les dépassait, quelqu'un la héla. Elle n'eut pas l'air de s'en apercevoir.

— En somme, je vous la sous-louerais pour le reste du mois, dit-elle plus vite et avec une sorte d'assurance.

— Ah! sous-louer... dit Forst qui avait l'air enfin de comprendre.

— Oui. Vous me rembourseriez la location.

Elle avait essayé de prendre une voix gaie. Mais l'anxiété subsistait. Une drôle d'anxiété. Comme si en même temps elle pensait à autre chose.

— Il y a déjà ces cinquante mille lires... dit Forstetner entre haut et bas.

Une nouvelle auto les força à marcher l'un derrière l'autre, en se serrant contre le petit mur.

— Oh! ces autos! ces autos! dit Marjorie.

Et Mme Braccone qui s'avançait à leur rencontre.

— Bonjour! dit rapidement Marjorie en se détournant.

Puis, à Forstetner :

— Je sais bien, il y a déjà ces cinquante mille lires. Vous n'auriez qu'à m'en verser cinquante mille encore...

— Hé! protesta Forstetner.

— C'est raisonnable, dit-elle. Cette villa, en pleine saison, se loue cent cinquante mille lires.

— Mais vous nous quitteriez! Et à cause de moi!

dit Forst en reprenant sa voix sucrée. Capri ne me le pardonnerait pas, Marjorie.

— Non, dit-elle, j'irais à l'hôtel.

— J'aurais l'air d'un sauvage.

De sa main sans canne, Forstetner faisait de petits gestes précieux.

Et le propriétaire arrivait à la villa.

— Venez donc dîner ce soir à la maison, disait Rampollo. Pour fêter cette vente.

— Avec plaisir.

— Ce sera modeste.

Puis timidement :

— Vous n'oubliez pas ma prime ?

— Réglons ça tout de suite, dit le propriétaire.

Il ouvrit la serviette.

— Alors, cette serviette, elle est partie ? dit Sandra.

Andrassy eut l'air étonné.

— Évidemment, dit-il.

Ils s'étaient assis sous un olivier. Devant eux, tout en bas, la mer.

— Où est-elle maintenant ? Dans la chambre du propriétaire ? À la villa Watson ?

— Je suppose, dit Andrassy. Pourquoi ?

— Pour rien, dit-elle. Ça m'amuse. Tout cet argent. Qui pourrait faire le bonheur de tant de gens.

Ses bras autour de ses jambes, sa joue sur ses genoux, ses genoux si frais et si lisses. Et elle regardait dans le vague.

— Et personne n'a essayé de la prendre ?

Son regard se coula vers Andrassy. Il avait l'air distrait.

— À quoi penses-tu?

— À rien, dit-il. Je regardais la mer.

— Et tu ne pouvais pas en demander une petite partie?

Il tourna son visage vers elle.

— De cet argent, reprit-elle agacée.

— À quel titre?

Rampollo entrait dans une épicerie. Il achetait du vin, du fromage.

— Quel est le meilleur?

Et il payait. Un billet rose pâle, tout neuf, qui claquait sous le pouce.

— C'est pas possible, tu les fabriques, dit l'épicier.

— Oh! Douglas... dit Marjorie.

Ils étaient presque arrivés à la villa Satriano. La mer, les oliviers. Marjorie n'avait plus son air assuré. C'est un petit visage crispé, anxieux qu'elle levait vers Forstetner.

— Douglas! ça me rendrait un tel service.

Forstetner, lui, avait l'air furieux.

— On ne rend pas des services comme ça.

— J'ai besoin de cet argent.

— Tout le monde a besoin d'argent.

— J'en ai besoin pour vivre, Douglas. Pour vivre!

Elle avait crié. Forstetner s'arrêta.

— Si vous ne me donnez pas cet argent, je devrai me tuer.

— Vous tuer?

Forstetner haussait les épaules, ou plutôt, d'un mouvement qui lui était particulier, il ne haussait qu'une de ses épaules, la droite.

— Vous tuer? On ne se tue pas comme ça.

— Je n'ai plus rien, dit-elle. Plus rien.

— Écrivez à vos amis.

— Quels amis?

— Vos amis de New York.

— Je ne connais personne à New York.

Puis, très vite :

— Douglas, oh! je vais tout vous dire... Douglas, je ne connais personne à New York. Je n'ai jamais habité New York. J'habitais Boulder.

— Boulder?

Forstetner en avait crié. Il avait l'air complètement égaré.

— Boulder? Mais où est Boulder?

— Dans les Montagnes Rocheuses.

— Et qu'est-ce que vous voulez que j'aille faire dans les Montagnes Rocheuses?

Il en grimaçait de fureur, de désespoir. Elle le regarda. Elle n'avait pas l'air de comprendre. Ils étaient là, arrêtés, l'un en face de l'autre.

— Je n'y retournerai pas, dit-elle.

Et, sur un autre ton :

— Douglas, vous avez toujours été si gentil pour moi!

Il grogna. Ses petits yeux gris étaient fixés sur elle.

— Je le savais, dit-elle. Mon argent fini, je devais me tuer, je le savais. Je l'avais décidé. Et je n'ai pas peur. Mais maintenant, j'ai trouvé Stanny. Douglas, essayez de comprendre. J'ai trouvé Stanny. Je n'avais jamais eu de Stanny. Et je n'ai eu que quelques jours. Quelques jours, Douglas. C'est trop peu. Je ne veux pas le perdre... Pas tout de suite... Douglas, donnez-moi encore quelques jours. Cinquante mille lires seulement. Je ferai attention. Je ne dépenserai que juste ce qu'il faut. Je ne mangerai plus. Mais j'ai besoin, j'ai besoin de quelques jours encore. Douglas, je vous en supplie ! Vous avez toujours été si gentil ! Et qu'est-ce que cela vous fait ?

Elle pleurait. Tout son petit visage était crispé. Et elle tremblait. Sous ses lunettes noires. Sous son chapeau jaune.

— Vous avez tant d'argent. Si le propriétaire vous avait demandé cinquante mille lires de plus...

— Non ! dit Forst hargneusement.

— Vous pourriez prendre votre villa tout de suite. Vous me laisseriez une petite chambre. Douglas ! c'est impossible... Un petit peu de bonheur... Je ferai tout ce que vous voudrez.

Forst la regarda haineusement.

— Merci, dit-il. Je n'ai plus l'âge.

Il avait mis le pied sur la première marche de l'escalier de la villa. Et brusquement :

— Oh ! dit-il. Vous !

Et, le visage convulsé, la bouche ouverte, il brandit le poing, dans un geste de singe enragé.

Tous les jours, pour le départ du bateau de cinq heures, le port connaît une certaine animation. D'abord elle se rassemble près de la rangée de maisons qui borde le port. D'en haut, des terrasses ou des sentiers de la montagne, on aperçoit des paquets de gens qui s'en détachent, comme les pépins d'un citron. Exactement. On dirait que les façades les font gicler de leurs portes. La boîte rouge du funiculaire descend entre les vignes. L'autre boîte rouge monte. Elles se croisent sous un tunnel et on a l'impression qu'elles ne font que se heurter pour repartir, chacune dans leur direction initiale. Des taxis descendent la route en lacets et tracent un paraphe sur les dalles du port. Il y a des groupes d'oisifs, de curieux, un carabinier. Des inquiets déjà gagnent le bateau. Arrive la charrette à bras de la poste avec ses sacs de jute. Puis, brusquement, une bouffée de *Marinella* ou d'une autre sottise se met à souiller l'air : un quart d'heure avant le départ, le bateau ouvre son pick-up.

Il est assez gros déjà, ce bateau. Et blanc. Mais les rangées de bancs sur le pont supérieur le font ressembler aux bateaux-mouches de la Seine plutôt qu'aux steamers balançant leur mâture pour de lointains valparaisos. L'animation peu à peu s'est portée sur le môle. Gens à valises et gens à porteurs. Même d'en haut, on les devine déjà préoccupés, agités par le voyage, les bagages ; déjà loin de la nonchalance de l'île. Leur démarche n'est plus la même. Il y a des habitués aussi, qui vont simplement à Naples, leur veston sous le bras ou une serviette. Un taxi arrive en cornant longuement comme une vache que taraude un taon. Quelques barques vaquent dans l'eau. Un petit garçon court sur le mur de la jetée. Quelqu'un le désigne et, sans doute, s'inquiète ou se scandalise. Puis une sirène. Holà ! L'animation, jusqu'ici assez molle, accélère. De la rangée de façades, un homme gicle encore, s'empresse, laisse tomber quelque chose, le ramasse. Deux marins rejettent la passerelle sur la jetée, brutalement, comme une maîtresse vieillie. Le bateau s'anime d'un mouvement presque imperceptible, immobile encore mais actif, comme la couveuse qui ne bouge pas mais dont on sent que, du ventre et des pattes, elle tâte ses œufs.

D'un pas ferme, Palmiro se dirigea vers le bar. Outre ses rangées de bancs, le bateau comporte un salon assez vaste, avec un bar

— Un café, dit-il.

Au-dessus des deux garçons en veste blanche, le trou noir et rond du pick-up déversait maintenant l'Ouverture des *Noces de Figaro*. Assise près d'une fenêtre, Mme Palmiro regardait son mari. Avant, il n'eût jamais pris un café. La traversée le terrorisait. Il s'enfonçait dans un fauteuil, le menton sur les mains, et ne bougeait plus, vert d'angoisse. Et, au repas précédent, il ne mangeait rien. Ou il prenait des pilules. Mme Palmiro lui en avait offert tout à l'heure, avant de quitter l'hôtel.

— La mer n'est pas si bonne. Prends un Vasano.

Il avait ri. Il riait souvent maintenant. Depuis l'épisode.

Palmiro revenait vers sa femme.

— Tu as encore du café autour de la bouche, dit-elle.

Ça lui avait échappé. Elle s'en repentit. Les remarques de ce genre avaient le don d'irriter son mari.

— Tu ne cherches qu'à m'humilier, disait-il.

Jadis. Mais cela aussi avait changé. Il prit son mouchoir, s'essuya. Et alluma une cigarette. Une cigarette à bord d'un bateau, lui qui... Mme Palmiro frémit.

— Allons sur le pont, dit Palmiro.

Ils allèrent sur le pont. Palmiro avait enlevé son chapeau et le vent soufflait dans ses petits cheveux comme une femme aimante mais espiègle. Le bateau chassait l'eau sous lui. Au fond, la rangée de maisons du port, maisons de pêcheurs, pauvres, anciennes, rongées, rafistolées comme de vieux chariots, avec des planches, des bouts de bois, des appentis, les murs non plus droits mais tassés, ayant pris on ne sait quoi d'humain, on ne sait quelle courbure de vieux dos, arc-boutés, dirait-on, comme pour s'empêcher de glisser dans la mer, les façades grises dans l'ensemble mais d'un gris où affleuraient encore, par touches puissantes, des roses onctueux, des rouges vifs, des ocres de voilure.

— Regarde, dit Palmiro.

Un petit yacht, astiqué comme une clenche de porte, penché comme un chapeau, passait à côté du bateau.

— Voilà ce qu'il nous faudrait, dit Palmiro.

Un yacht! Mme Palmiro dut s'asseoir sur une des banquettes. La stupeur y était peut-être pour quelque chose, mais aussi le tangage qui augmentait. Palmiro semblait ne pas s'en apercevoir. Il tenait toujours sa cigarette. Désinvolte, l'air d'un de ces voyageurs comme il y en avait sur les affiches de son bureau. Encore un peu terne peut-être. Un peu trop gris. Malgré sa nouvelle cravate. Achetée la veille dans le magasin le plus élégant de Capri. Et il avait fait un compliment à la demoiselle du magasin. Elle était jolie, il est vrai. Très jolie. Mais justement. Avant, Palmiro ne parlait jamais aux jolies femmes qu'en regardant ailleurs.

— Ce serait charmant, un yacht.

Bien planté sur ses jambes, les pieds écartés, à cause du tangage. Sa femme le regardait de bas en haut. Elle était toujours aussi crémeuse, Mme Palmiro, habillée déjà comme pour la ville, tailleur, joli chapeau gris-perle, des souliers de daim. Ça l'ennuyait de rentrer à Naples.

— Je resterais bien encore un peu, avait-elle dit.

Timidement. Ça aussi, c'était nouveau.

— Rester? Pour que tu ailles recommencer tes sottises avec Dieu sait qui.

— Mais le docteur...

— Je me fous du docteur!

Tel que. Sans se fâcher, le ton assuré, calme. Chose étrange, Palmiro commençait à ressembler à Ratazzi. Et qui sait si inversement... Il avait téléphoné deux fois, Ratazzi. Mme Palmiro chaque fois s'était inquiétée. À tort. Palmiro revenait du téléphone très tranquillement.

— C'était Ratazzi. Il voulait avoir quelques directives pour une affaire.

Des directives! Jadis, même présent, Ratazzi n'eût jamais pensé à consulter son associé.

— C'est un brave garçon, poursuivait Palmiro, mais il manque un peu d'initiative.

Et la seconde fois :

— Pauvre Ratazzi. Il n'en sort pas, tout seul. Il va falloir que je retourne à Naples.

Le bateau avait pris le large. Le tangage augmentait. On étendit une femme sur une banquette. Le visage de Palmiro eut une très infime crispation.

— Alors, dit Mme Palmiro qui crut sans doute le moment opportun, alors, nous rentrons à Naples?

— Mon Dieu, tout semble l'indiquer.

De l'ironie maintenant. Lui!

— Et qu'as-tu décidé?

Un autre aurait atermoyé, aurait encore essayé d'insérer entre la question et sa réponse l'épaisseur de quelques répliques. Palmiro maintenant dédaignait ces artifices.

— À propos de Ratazzi?

Si au moins il avait usé d'un style un peu plus allusif. Elle en rougissait parfois, Mme Palmiro, malgré ses fards onctueux. Hier encore, avant de s'endormir :

— As-tu fermé le verrou? Tu oublies toujours. Tu te rappelles, quand je t'ai attrapée avec Ratazzi.

Et un autre jour :

— Il grisonne déjà sur la poitrine, Ratazzi. Je ne l'aurais pas cru.

Sans l'ombre de pudeur.

— À propos de Ratazzi ? reprit-il comme sa femme se taisait. Eh bien ! ma foi, il faudra qu'il marche droit maintenant.

Le bateau abordait ce qu'on appelle les Bouches de Capri, le passage dangereux. Le tangage augmentait encore.

— Et tu n'es pas malade ?

— Bah ! dit Palmiro. Le mal de mer, c'est une idée qu'on se fait.

— Ce qu'il faudrait, dit Andrassy, c'est gagner à la loterie.

Il était étendu dans l'herbe sèche. Sa voix s'en ressentait : elle était molle. Mais Sandra lui lança un regard rapide.

— Je prendrai un billet, dit-elle.

— C'est ça.

Elle était assise mais toute droite, elle, pas du tout abandonnée, comme rassemblée en elle-même. À deux pas, une acanthe les regardait de toutes ses fleurs, de toutes ses petites gueules de serpent, mauves mais mâtinées de vert et d'où déborde un large pétale blanc, comme un enfant fou de rage et qui tire une langue plus grande que lui.

— Et si je gagne, tu partiras avec moi ?

Andrassy ne faisait que rêver. Sandra ne rêvait pas. Et elle insistait.

— Tu partirais?

— Pourquoi? Nous pourrions vivre ici.

— Non, dit-elle. Moi, je veux partir. Tu partirais?

— Oui.

Il était toujours étendu, les yeux mi-clos, un de ses bras sous la nuque.

— Mais tu promets?

— Je promets.

Il se releva sur un coude. Devant lui, près de lui, il y avait les deux jambes de Sandra. Au-delà, toute une longue coulée de campagne, jusqu'à la mer, les oliviers, les vignes, les carrés blancs des maisons, les massifs vert-bleu d'un potager de fèves. Et l'île d'Ischia, rose et grise, comme une rose poussée à l'ombre, mais qu'on devine odorante. D'un geste machinal, Andrassy caressa la cheville de Sandra. Mais Sandra se taisait. Andrassy leva les yeux. Sandra regardait droit devant elle. Une femme, très loin, chantait. On la voyait. Elle devait cueillir quelque chose, se baissait, se relevait. Et son chant tantôt diminuait, tantôt remontait dans le ciel, paisible et pur. Et Andrassy s'engourdissait. Amour? Désir? La peur? Plus rien n'existait. Plus rien que ce chant paisible, plus rien que ce caroubier, plus rien que ce lentisque, plus rien que ce paysage enfoncé dans sa tiédeur où seule encore l'acanthe dressait sa rage impuissante. Vos avait raison, l'amour n'est fait que pour les lieux clos : chambres, squares, jardins. La clôture supprimée, l'amour se dilue, se répand, fait eau de toutes parts. Qu'est-ce que l'homme? Dans une rue, il existe. Sous un ciel immense, il fait sourire. Il souffre? Il ne souffre pas? Quoi? Ce hanneton dont le cheminement se devine à peine?

— Tu as promis, dit Sandra.

— J'ai promis quoi?

— Si je gagne à la loterie.

Andrassy sourit mais ne leva même pas les yeux. Il regardait la mer. Sa main, lentement, caressait la cheville devant lui.

— Laisse mes jambes tranquilles, dit Sandra.

Le propriétaire avait donc dîné chez les Rampollo. Un petit dîner tranquille, en famille. Même, vers les dix heures, Sandra était sortie. Pour aller au cinéma.

— Vous l'excuserez, avait dit son père.

— Comment donc! Les jeunes filles de maintenant, quand elles n'ont pas leur cinéma...

Le propriétaire, lui, s'était attardé. Il était près de minuit lorsqu'il avait regagné sa chambre, à la villa Watson. C'était une chambre nulle, un débarras plutôt, encombrée de meubles mis au rebut et qui donnait directement sur le jardin. Sur le lit, il y avait une valise, déjà presque prête. Le propriétaire comptait partir le lendemain matin. Il commença à se déshabiller. En gilet de corps, bretelles pendantes, il se dirigea vers l'armoire, y mit sa clef. Surprise : l'armoire s'ouvrait toute seule.

— Mais...

D'un mouvement soudain accéléré, il se pencha, souleva le tas de vieilles tentures sous lequel il avait caché la serviette. La serviette n'y était plus.

La poitrine en arrière, les deux mains devant lui comme un homme qui a manqué toucher un mort, le propriétaire recula. Il regarda autour de lui, se pencha encore dans l'armoire. Mais elle était vide, vide. Le tas de rideaux. Sa gabardine qui pendait. Rien d'autre. Brusquement, le buste en avant, le propriétaire courut vers la porte qui communique avec la villa. Il l'ouvrit, monta un escalier, déboucha dans le salon. De grands pans de lune tombaient des fenêtres. Il faisait presque clair.

— Madame Watson ! Madame Watson ! Madame Watson !

Personne. Le propriétaire monta les quatre marches qui mènent aux chambres à coucher. Frappa violemment à la porte.

— Madame Watson !

Il criait. Rien. Il frappa encore. Rien. Le propriétaire, la tête dans les épaules, regarda autour de lui. Il y avait le grand désert du salon, ses pans d'ombre et ses pans de lune alternés.

— Madame Watson !

Il ouvrit la porte. Derrière, la lumière était allumée. Il poussa la tête et resta immobile. Sa bouche, lentement, s'ouvrait, mais tout de travers, crispée, le menton qui commençait à trembler. Sur les majoliques vertes, Marjorie, Marjorie, Marjorie ! sur les majoliques vertes, il y avait Marjorie Watson, étendue, dans sa robe de chambre pervenche, et sa grosse bouche amère et du sang sur sa joue, du sang sur les majoliques, du sang sur la robe de chambre, du sang tout noir, vautré, comme une bête plate et anxieuse.

— Mais la serviette, gémit le propriétaire, la serviette... !

À bout de forces, le propriétaire, affalé dans un fauteuil, les mains entre les genoux. Et devant lui, debout, piétinant, nerveux, agité, le commissaire de police. Un petit homme plus très jeune, le front découvert, les mains dans les poches de son pantalon, tournant sur place, le visage mobile, plein de tics, le regard partout.

— La serviette !

Le commissaire haussait les épaules, piétinait un peu plus nerveusement.

— On a tué une femme et vous revenez toujours avec cette serviette.

Le propriétaire retrouva assez d'énergie pour lancer ses deux mains devant lui, grandes ouvertes.

— Mais c'est la même chose ! On l'a tuée pour voler la serviette.

— Pas du tout ! Pas du tout ! Pas-du-tout !

Le commissaire virevolta sur lui-même, fit trois pas, revint vers le propriétaire ·

— Votre serviette était en bas, Madame Watson était dans sa chambre. Quel besoin avait-on de la tuer pour prendre votre serviette ? Et son argent à elle, où est-il ? Qu'est-ce qu'on a retrouvé dans son sac ? Un peu de monnaie. Pas mille lires. Une femme comme Madame Watson ne vivait pas avec mille lires.

Il virevolta encore. Derrière lui, il y avait le long désert du salon de la villa Watson, un carabinier, deux hommes qui tripotaient des objets, l'air de s'embêter.

— Hein !

Le carabinier eut un regard morne. Un des deux hommes se contenta d'un geste du plat de la main pour exprimer que tout cela était l'évidence même.

— Votre serviette, voulez-vous que je vous le dise, c'est par-ha-sard que l'assassin l'a volée, en fouillant la maison. Voilà mon idée... Hein !

Un autre carabinier entrait, suivi d'un homme gras à long nez.

— Qui voilà ! dit le commissaire cordialement.

L'homme gras était le directeur de la banque locale.

— Eh ! salut, Tonino, dit-il. Je suis venu dès que j'ai appris...

Il secoua la tête, douloureusement.

— Je crois que je peux t'aider.

Il prit son temps.

— Je commence par supposer...

Il penchait la tête, levait l'index, mais sans bouger la main, modestement, en homme sûr de son effet.

— ... que les quatorze millions qu'on a volés sont bien ceux qui ont été retirés de la banque par Monsieur Forstetner.

— Oui ! cria le propriétaire comme si on les lui avait rendus, ses billets.

Le directeur marqua un nouveau temps.

— Alors, j'ai les numéros. C'est Monsieur Forstetner lui-même...

Il dut s'arrêter. Le commissaire marchait sur lui, les bras grands ouverts.

— Mario ! dit-il. Mario, tu es grand !

Il y eut un moment d'émotion. Puis, repris par son agitation, le commissaire interpella un de ses deux hommes.

— Accompagne le directeur à la banque. Il te donnera la liste. Ou plutôt, Mario, fais-la copier en...

Il continuait à regarder partout à la fois et son regard venait de tomber sur une des fenêtres.

— Qu'est-ce que c'est que celui-là maintenant ? dit-il.

Un homme en complet clair, son chapeau à la main, traversait le jardin, lentement, d'un air interrogeant, comme quelqu'un qui n'est jamais venu. Derrière leur fenêtre, silencieux, les autres le regardaient avancer. Puis l'homme leva le visage vers la villa, marqua un moment d'hésitation. Le commissaire courut à la porte, s'arrêta en haut des marches.

— Oh! dit Ronny de loin, c'est bien la villa de Mrs Watson?

— Oui, certainement.

Le commissaire descendit avec empressement. Ronny avançait.

— Monsieur est un ami?

— Non, dit Ronny.

Il eut pour le commissaire un regard où se lisait une vague intention d'étonnement.

— Non, reprit-il, je suis un ami de lady Ambersford.

Un Anglais, évidemment. Rien que l'accent déjà. Or, voilà la chose, le commissaire, il n'était pas fou des Anglais.

— Mais ici c'est chez Madame Watson.

— Je sais. Je viens pour une affaire qui les concerne toutes les deux.

— Oui, oui... dit le commissaire avec assurance. Je suis au courant. Monsieur n'est pas depuis longtemps à Capri?

Le jardin étroit, les palmiers, le petit réverbère ridicule, le soleil, Ronny avec son chapeau, le petit commissaire.

— Je suis arrivé ce matin.

— Ce matin?...

Le commissaire de police, sans peut-être s'en rendre compte, avait repris le ton de l'emploi.

— Le bateau du matin n'est pas encore arrivé.

— J'étais pressé. J'ai loué une barque à Sorrente.

— Oh, oh ! Votre affaire est donc si importante ?

Malgré sa bonasserie naturelle, Ronny eut un regard agacé.

— Mais qui êtes-vous ?

— Et vous ?

— J'appartiens à l'ambassade d'Angleterre.

Les ambassades, le commissaire n'en était pas fou non plus. Le seul blâme de sa carrière, c'était à une ambassade qu'il le devait.

— Moi, je suis le commissaire de police, dit-il sèchement.

— De police ? s'exclama Ronny. Mais c'est ridicule !

— Pourquoi ridicule ?

— Mais...

Ronny, visiblement, perdait pied. Le chargé d'affaires qui lui avait bien recommandé... Et voilà que...

— La banque m'a assuré que Mrs Watson n'avait pas porté plainte...

Porté plainte ? Le commissaire haussa les sourcils.

— Et si cependant elle l'avait fait ? dit-il audacieusement.

— Mais c'est ridicule ! Ridicule ! Lady Ambersford n'est pas une voleuse.

— Lady Ambersford... ? dit le commissaire.

— Pauvre chère âme ! Elle est si distraite. Elle aura pris le chèque sans penser à mal.

— Oui, oui...

Planté devant Ronny, les mains dans les poches

de son pantalon, se grattant le ventre d'énerve-
ment, le commissaire le regardait fixement. Puis,
comme frappé par une idée :

— En somme, lady Ambersford a volé un
chèque à Mrs Watson?...

— Mais non !

— Ah, pardon ! vous venez de dire...

— En apparence, monsieur le commissaire. Évidemment, le chèque... Mais ce n'est qu'une apparence, un malentendu.

— Et les quatorze millions, c'est aussi un malentendu?

— Les quatorze millions?

Le commissaire avait parlé en homme qui
s'énerve, qui jette n'importe quoi à la tête de son
interlocuteur. Le ton de Ronny l'arrêta pile. Il
releva le nez, se rapprocha, soudain très calme, les
traits enfin immobiles.

— Les quatorze millions, oui, dit-il d'une voix
plate, sans accent.

— Dans la serviette?

Le commissaire était paisible comme un lac.

— Vous connaissez la serviette ?

— C'est lady Ambersford... dit Ronny atterré.
Elle en a parlé à ma femme.

On eût dit qu'un déclenchement venait de
remettre le commissaire en ordre de marche. D'un
geste saccadé, il empoigna le bras de Ronny.

— Lady Ambersford !

Il se tournait vers la villa.

— Mais qu'allez-vous faire?

— Ce que je vais faire ? Une perquisition, l'arrêter !

— Qui ?

— L'Ambersford !

— Mais, monsieur le commissaire ! Monsieur le commissaire !...

Ronny était affolé.

— Vous ne pouvez pas ! Mais ce serait un... Une Anglaise, monsieur le commissaire ! Lady Ambersford !

Un bon argument ! Et qui tombait bien !

— Écoutez, je vous en prie, écoutez-moi. Je ne voulais pas vous le dire, c'est si... Mais lady Ambersford est une kleptomane. Je vous assure. Rien d'autre. Elle n'est pas responsable. C'est une kleptomane. Tenez, chez moi, encore l'autre jour, après son départ, nous avons constaté la disparition d'une cuiller d'argent...

Toujours dans le même style saccadé, le commissaire lâchait enfin le bras de Ronny, le repoussait avec violence.

— Une cuiller d'argent !

Il en avait l'air frappé d'horreur.

— On tue une femme. On vole quatorze millions. Et c'est le moment que vous choisissez pour me parler d'une cuiller d'argent !

Et l'affreux braiment de l'âne.

Au tournant du chemin, sous les oléandres, il y

a souvent aussi, qui attend, un âne attelé à une charrette courte. C'est l'âne d'un jardinier qui fournit de pots de fleurs les villas. Et parfois, il s'ennuie, l'âne. Ou peut-être qu'il a quelque chose à dire. Alors il brait. Et c'est affreux. On se demande où l'âne a pris sa réputation de bête paterne, benoîte et simple. Son regard est bon, oui, son pelage incite à la caresse, sa démarche n'est point celle du révolté, du fruit sec, de l'aigri. Sous ces candeurs, un démon cependant continue à vivre et c'est son cri, son désespoir qui perce dans le braiment de l'âne. Le bêlement n'est rien. Le hennissement n'est pas grand-chose. Le braiment est tragique. Cette clameur rauque, haletante, péremptoire. Ce déchirement du poumon. Ce larynx d'airain. Un damné est là qui se tord dans ses chaînes, c'est Prométhée que lancine le bec de son aigle, c'est le ricanement sauvage d'un de ces princes de Samarcande que les tzars laissaient vivoter dans leurs palais et qui, l'après-midi, moroses, fous d'ennui, les membres agacés, faisaient crever les yeux à des rats ou torturer des esclaves. Un âne? Il y a quelque chose au-delà des ânes. Un âne? Ce mot ouvert, ce mot d'enfant, ce mot qui bêle? Lorsqu'il brait, l'âne mérite d'autres noms et de plus inquiétantes consonnes. Ce n'est plus un âne, c'est la licorne, le zèbre, l'onagre.

Quant à la perquisition chez lady Ambersford, elle n'a rien donné. L'arrestation cependant a été maintenue. Là-dessus le commissaire n'a pas cédé. « Il y a toujours le vol du chèque, non? » Et trois colonnes dans les journaux.

Derrière son grillage, le caissier de la banque prit les billets rose pâle que lui tendait un client. D'un coup d'œil rapide, il vérifia les numéros, vérifia la liste posée à côté de lui. Le contrôle était facile, les billets volés étant tout neufs et n'appartenant qu'à trois séries différentes. Rien. Au suivant. Le caissier prit les billets. Halte! Un des billets y était. Tout neuf. Sans un pli. Lisse comme un lac. Le caissier leva les yeux. Devant lui, l'épicier suivait ses billets d'un regard dénué d'expression.

— Un instant, Gino, tu permets? dit le caissier.

Il sort, revient. L'épicier s'en va, fait quelques courses, regagne sa boutique. Le commissaire y était déjà.

— Ce billet, Gino?

Ils se connaissent tous. Vers sept heures, ils se retrouvent sur la place pour parler de choses et d'autres. Ou, le soir, ils jouent aux cartes.

— Un billet tout neuf? Attends, ce doit être Rampollo. Oui, je me souviens. Je lui ai même demandé s'il les fabriquait.

Dix minutes plus tard, le commissaire est chez Rampollo et ses deux hommes déjà se répandent dans les chambres, tripotent dans les armoires.

— Mais, quoi, ce billet? crie Rampollo véhément. Il était à moi, ce billet! C'est un des billets de ma prime.

— Quelle prime?

— Eh bien, ma prime. Pour avoir vendu la villa.

— Comment?

Le commissaire est de plus en plus nerveux.

— Tu avais déjà touché ta prime?

— Évidemment que j'avais déjà touché ma prime!

— Sur l'argent de la serviette?

— Dame!

Ils étaient l'un en face de l'autre, chacun fixé au plus haut de sa véhémence, le commissaire avec son visage tendu, crispé; Rampollo, la main encore à la hauteur du menton.

— Celle-là est bonne! dit le commissaire.

Son visage se détendait.

— Celle-là est bonne.

— Oui, dit Rampollo.

C'est à ce moment qu'un des deux policiers sortit de la chambre de Sandra. Et, devant lui, l'air hébété, il tendait la serviette.

Un mois a passé. Puis deux. À Capri, la foule a beaucoup diminué. On entre dans la période calme. Le vrai Capri, dit Forstetner avec une satisfaction de gourmet. Il fait encore chaud cependant. Presque tous les jours, Andrassy prend une périssoire, gagne le large. Il met son masque — Forstetner lui en a acheté un — et il se glisse dans la mer. Les bras tendus, il avance lentement à la surface et il regarde, regarde. Il y a les poissons, les gros rochers sombres, les rais brillants du soleil dans l'épaisseur bleue de l'eau.

Et Rampollo est dans le grand salon des Satriano. Il a le visage creusé, tiré. Et ses grands yeux plus anxieux que jamais.

— Ne vous inquiétez pas pour les frais d'avocats, dit Satriano. Je m'en charge. Et j'irai témoigner, je vous le promets. Elle est si jeune. Nous lui obtiendrons les circonstances atténuantes.

— Et ça fera... ?

Satriano a un geste vague.

— À votre idée ?

Ce regard anxieux levé vers lui, tout ce visage anxieux. Satriano hésite. Il a déjà répondu dix fois à cette question.

— Trois ans, dit-il en hésitant encore.

— Trois ans, dit Rampollo. Sa mère en mourra.

— Il faut prendre patience. L'affaire aurait pu être plus grave.

Une chance encore qu'on ait pu prouver le suicide. Heureusement, le rapport de l'expert a été à peu près formel. Puis le témoignage de Forstetner. Mais ça n'a pas été tout seul. Satriano a dû insister, faire appel à toute sa vanité.

— On parlera de vous. Et dans un rôle flatteur : le confident d'une jolie femme.

— Merci bien ! Le confident d'une femme qui n'avait plus un sou, qui nous a tous roulés.

— Qu'avez-vous besoin d'en parler ? L'important, c'est de témoigner qu'elle avait l'intention de se suicider. Dites qu'elle avait des peines de cœur.

Le vieux s'était laissé convaincre.

— Elle avait des peines de cœur...

— À propos de qui?

— Je n'ai pas l'habitude de poser des questions aussi indiscrètes. Mais elle voulait se suicider. Elle me l'a répété plusieurs fois. J'ai tout fait pour l'en détourner. En vain.

— Et M. Vos, alors?

— Oh! Vos, c'était pour passer le temps.

Et Vos :

— Pour passer le temps? Ça, alors! Elle m'a bien eu!

Sandra est à Poggioreale, la grande prison de Naples. Elles sont trois dans sa cellule : Sandra, une fraudeuse de cigarettes et une vieille avorteuse qui a des mains comme des crabes. Sandra écrit régulièrement à ses parents. Elle a aussi écrit à Andrassy. Il n'a pas répondu. Il aurait bien voulu cependant, mais... la peur. Le permis de séjour est arrivé : la peur n'est pas partie. Une peur vague, d'ailleurs, où il entre aussi une certaine... une certaine mollesse. Andrassy se laisse aller. Un jour, Satriano l'a pris à part, dans le jardin.

— Vous avez votre permis, maintenant. Je puis vous trouver un travail. À Milan.

— Oh! dans le Nord...

— Ça ne vous intéresse plus?

— À vrai dire...

Il y avait les agaves et, au-delà, la mer, comme un mur, un long mur bleu. Andrassy a pris un air cafard.

— Cette île est si belle...

— Et votre liberté?

— Bah! Ça m'est égal.

Satriano l'a regardé. Son regard bleu, ses grosses joues pâles.

— Et ce qu'on raconte de vous, ça vous est égal aussi?

— Qu'est-ce qu'on raconte?

— Ce qu'on finit toujours par raconter lorsqu'on voit un assez joli garçon vivre avec un assez vieux monsieur.

Andrassy a encore eu un sursaut. Assez léger.

— Ce n'est pas vrai.

— Je sais.

Satriano parlait sèchement.

— Je connais Forstetner depuis plus longtemps que vous. Même à vingt ans, on aurait pu le mettre impunément dans un harem de n'importe quel sexe.

— Ah oui?

Andrassy était assez égayé.

— Eh bien, vous voyez.

— C'est peut-être encore pis. Forst veut qu'on parle de lui. Il a tout essayé. Maintenant, il tâte de ce moyen-là. Mais à vos dépens. Aux dépens de votre honneur.

Andrassy n'a pas eu l'air de comprendre.

— Puisque ce n'est pas vrai.

— Petit misérable, petit voyou! dit Satriano.

Son visage n'avait pas bougé. Tout le mépris était dans sa voix.

— Dites donc!

Andrassy avait relevé la tête. Et il ressemblait à

quelqu'un. Satriano ne trouva pas tout de suite à qui. Puis, brusquement : avec sa chemise entr'ouverte, avec ce regard à la fois insolent et vil, Andrassy, pendant un moment, avait ressemblé à Jacquot.

— C'est vrai, dit Forstetner. Elle m'a eu de cinquante mille lires, la Watson. Mais j'ai pu entrer dans ma villa une quinzaine de jours plus tôt. Il y a une justice.

Andrassy y occupe une chambre charmante, dans la villa. Passiekov en a particulièrement soigné l'ameublement.

— Vous voyez, a-t-il dit un jour à Andrassy, vous voyez que j'ai eu raison de ne pas accueillir votre proposition.

Andrassy essaie de lire dans le regard pâle de l'antiquaire. Mais depuis trente ans qu'il vit en émigré, Passiekov a eu le temps d'apprendre à dissimuler ses sentiments. Dans son regard, il n'y a rien.

C'est Vos qui s'est chargé des travaux de peinture. Pour s'amuser, il a peint sur chaque porte un petit sujet : une tulipe, un bateau, un arlequin. Forst, d'abord, trouvait que ça faisait un peu... Mais Vos lui a raconté que Lawrence, à Taos, en avait fait autant et qu'il avait même peint un serpent et un tournesol sur l'appentis des lieux d'aisances. Forst s'est incliné. Lawrence a jadis passé huit jours à Capri. Ça suffit pour en faire, à ses yeux, quelqu'un de tout premier ordre.

— J'ai repris l'idée de Lawrence, dit-il à ses invités.

Le notaire met la dernière main au contrat de vente de la belle villa Brasil. Le contrat est au nom de Cetrilli — et, honnêtement, il faut convenir que sans lui, sans ses ruses, son obstination, ses discussions point par point, Mme Missi ne l'aurait jamais eue pour vingt-huit millions. La villa est magnifique, et Yvonne San Giovanni elle-même l'estimait à trente-cinq. En attendant de s'y installer, Cetrilli et l'ex-veuve Missi passent leur lune de miel aux Açores.

Vers midi, sur la place, aux terrasses des trois cafés, il y a toujours la même petite animation. Lady Ambersford bat des cils, soupire. Vos déplie ses longues jambes. Le nouveau commissaire de police passe entre les tables. Forstetner est là aussi, régulièrement. De temps en temps, de préférence lorsque quelqu'un le regarde, il se penche vers Andrassy, lui pose la main sur le bras. Docilement, Andrassy sourit. Les gens échangent un regard. Forstetner est ravi. Un hebdomadaire illustré, dernièrement, a publié sa photographie entre celles de lady Ambersford, d'Yvonne San Giovanni et d'un certain duc italien que rien, sauf son habitude de porter des bracelets de corail, ne recommande à l'attention publique. Quant à Satriano, l'article se contente de le citer. C'est bien fait. Il est devenu d'un grognon ! D'un exclusif ! À ne pas croire.

— Douglas, vous viendrez à la maison quand vous voudrez. Je serai toujours ravi de vous voir. Mais votre secrétaire m'agace.

— Je pensais vous amener ma vieille amie, lady Ambersford...

— Pour ne rien vous cacher, Douglas, vous pouvez m'amener qui vous voudrez, mais lady Ambersford, vraiment, je préférerais que vous ne le fassiez pas.

À Capri, franchement...

— Il commence à dater, Jicky, vous ne trouvez pas?

Parfois, le soir, Andrassy est un peu sombre. Alors, Forstetner lui dit :

— Sors donc. Va t'amuser.

Et Andrassy sort. Il gagne une des quatre ou cinq boîtes de nuit. Et une femme contre lui, il danse. Qu'éprouve-t-il? Pourquoi cette tristesse, ce soir? Un remords, un regret, l'ennui, la peur? Bah! ça se piétine, tout ça. Et il piétine. Un soir, au *Tabù*, il y avait Mafalda. Andrassy l'a invitée. Elle a refusé. Tiens, pourquoi? Mais Andrassy n'a même pas cherché à le savoir. Il en a invité une autre. Un couple, deux couples, dix couples. Tous à piétiner, mollement. Vendangeurs, vendangeurs, mais de quel maigre petit vin aussitôt bu par la piste.

Andrassy regagne la villa. Tous les soirs, sur la vitre de sa salle de bains, une salamandre vient se poster. Attentive, d'une détente sèche de son cou épais, elle happe les insectes attirés par la lumière. La vitre étant mate, on ne voit que son ombre courtaude, ses pattes robustes. Andrassy ouvre la fenêtre. La salamandre ne bouge pas mais on voit son cœur qui bat, qui bat. Au-delà, il y a les lumières vertes et rouges d'un des dancings. Entre deux airs d'orchestre, le silence remonte comme une eau, entre les palmiers, tranquille, méprisant. Andrassy est tout doré maintenant, presque brou de noix, sauf une culotte de peau blanche. Il a l'air en cuir. Il se regarde, s'inspecte de haut en bas, s'inquiète pour un bouton qui le dépare. Dans sa cellule, l'avorteuse rêve tout haut. Sandra écoute. Satriano a une insomnie. Il soupire, allume sa lampe, dispose son oreiller dans son dos pour que la lumière ne réveille pas sa femme, prend un livre. Le ciel pâlit lentement.

Capri, 1949.

DU MÊME AUTEUR

LES CAILLOUX.

THÉÂTRE I. Caterina — La bonne soupe — La preuve par quatre.

THÉÂTRE II. L'œuf — L'étouffe-chrétien — La mort de Néron —
Madame Princesse.

UN JOUR J'AI RENCONTRÉ LA VÉRITÉ.

LE BABOUR.

L'OUVRE-BOÎTE.

L'HOMME EN QUESTION

À NOUS DE JOUER

Essais

CASANOVA OU L'ANTI-DON JUAN. Nouvelle édition en
1985.

BALZAC ET SON MONDE. Édition revue et augmentée en 1986
(Tel, n° 108).

LES PERSONNAGES DE LA COMÉDIE HUMAINE.

LE ROMAN EN LIBERTÉ.

UNE INSOLENTE LIBERTÉ. LES AVENTURES DE
CASANOVA.

DISCOURS DE RÉCEPTION DE FÉLICIEN MARCEAU À
L'ACADÉMIE FRANÇAISE ET RÉPONSE D'ANDRÉ
ROUSSIN.

DISCOURS DE RÉCEPTION DE MICHEL DÉON À
L'ACADÉMIE FRANÇAISE ET RÉPONSE DE FÉLI-
CIEN MARCEAU.

L'IMAGINATION EST UNE SCIENCE EXACTE. *Entretiens
avec Charles Dantzig.*

Chez d'autres éditeurs

EN DE SECRÈTES NOCES (*Éditions Calmann-Lévy*).

LA CARRIOLE DU PÈRE JUNIET (*Éditions La Différence*).

LA TRILOGIE DE LA VILLÉGIATURE, de Carlo Goldoni,

traduction. (Adaptation de Giorgio Strehler.) (*Éditions de la Comédie-Française.*) (Adaptation de Christophe Lidon.) (*Éditions de l'Avant-Scène.*)

DIANA ET LA TUDA, de Luigi Pirandello. (*Éditions Denoël.*)

LES SECRETS DE LA COMÉDIE HUMAINE. (*Éditions de l'Avant-Scène.*)

LE VOYAGE DE NOCE DE FIGARO. (*Éditions Les Belles Lettres.*)

LA FILLE DU PHARAON. Fables. (*Éditions du Mercure de France.*)

COLLECTION FOLIO

Dernières parutions

Composition Bussière
et impression Bussière Camedan Imprimeries
à Saint-Amand (Cher),
le 2 septembre 2002.
Dépôt légal : septembre 2002.
Numéro d'imprimeur : 24376-023613/1.
ISBN 2-07-042596-7./Imprimé en France.